edition suhrkamp

Redaktion: Günther Busch

Samuel Beckett, geboren am 13. April 1906 in Dublin, starb am 22. Dezember 1989 in Paris. Lyrik: *Whoroscope* 1930; *Echo's Bones* 1935. Prosa: *More Pricks than Kicks* 1934; *Murphy* 1938; *Molloy* 1950; *Malone stirbt* 1951; *Der Namenlose* 1952; *Watt* 1953; *Erzählungen und Texte um Nichts* 1954; *From an Abandoned Work* 1958; *Wie es ist* 1961. Dramen: *Warten auf Godot* 1952; *Endspiel* 1957; *Das letzte Band* 1959; *Aschenglut* 1960; *Glückliche Tage* 1961; *Cascando* 1963; *Worte und Musik* 1963; *Premier Amour* 1971; *Residua* 1970; *Watt* 1970; *Le dépeupleur* 1971. Eine Ausgabe der gesammelten Werke erschien 1976.

Endspiel ist 1956 geschrieben worden und zählt zu den bedeutendsten Werken nicht nur Becketts, sondern der zeitgenössischen Theaterdichtung.

»Becketts Stücke geben Zustandsschilderungen; in immer neuen Facettierungen werden Situationen beleuchtet. Nicht anders ist es im *Endspiel.* Vier Menschen sind die Helden dieser grotesken Tragödie. Sie werden gezeigt kurz vor dem Erlöschen ihres Lebens, nicht nur ihres Lebens, sondern des Lebens überhaupt. Das Ende ergreift langsam Besitz von ihnen. Ein Zustand, worin die hilflos kreatürliche Traurigkeit, die allen Geschöpfen innewohnt, nicht mehr mit Komfort und Geschäftigkeit übertönt werden kann. Von dieser Traurigkeit geben die vier Figuren einen Ausdruck; sie rühren damit an die elementarste Dimension des Daseins.«

Neue Züricher Zeitung

Samuel Beckett
Fin de partie · Endspiel

Französisch und deutsch

Suhrkamp Verlag

Geschrieben 1956
Deutsch von Elmar Tophoven

edition suhrkamp 96
Erste Auflage 1964
 Satz, in Linotype Garamond, Druck und Bindung bei Wagner GmbH, Nördlingen. Gesamtausstattung Willy Fleckhaus.

14 15 16 17 18 – 00 99 98 97 96 95

Fin de partie · Endspiel

Personen

Nagg
Nell
Hamm
Clov

Intérieur sans meubles.
Lumière grisâtre.
Aux murs de droite et de gauche, vers le fond, deux petites fenêtres haut perchées, rideaux fermés.

Issue à l'avant-scène à droite. Accroché au mur, près de la porte, un tableau retourné.
A l'avant-scène à gauche, recouvertes d'un vieux drap, deux poubelles l'une contre l'autre.
Au centre, recouvert d'un vieux drap, assis dans un fauteuil à roulettes, Hamm.

Immobile à côté du fauteuil, Clov le regarde.

Il va se mettre sous la fenêtre à gauche. Démarche raide et vacillante. Il regarde la fenêtre à gauche, la tête rejetée en arrière. Il tourne la tête, regarde la fenêtre à droite. Il va se mettre sous la fenêtre à droite. Il regarde la fenêtre à droite, la tête rejetée en arrière. Il tourne la tête et regarde la fenêtre à gauche. Il sort, revient aussitôt avec un escabeau, l'installe sous la fenêtre à gauche, monte dessus, tire le rideau. Il descend de l'escabeau, fait six pas vers la fenêtre à droite, retourne prendre l'escabeau, l'installe sous la fenêtre à droite, monte dessus, tire le rideau. Il descend de l'escabeau, fait trois pas

Innenraum ohne Möbel.
Trübes Licht.
An der rechten und linken Wand im Hintergrund je ein hoch angebrachtes Fensterchen mit geschlossenen Vorhängen.
Vorne rechts Tür. In der Nähe der Tür hängt ein umgedrehtes Gemälde an der Wand.
Vorne links stehen zwei mit einem alten Bettuch verhüllte Mülleimer nebeneinander.
In der Mitte sitzt Hamm in einem mit Röllchen versehenen Sessel. Das Ganze ist mit einem alten Bettuch verhüllt.
Clov steht regungslos in der Nähe der Tür und betrachtet den Sessel.
Er geht mit steifen und wankenden Schritten unters linke Fenster. Er betrachtet das linke Fenster mit dem Kopf im Nacken. Er wendet sich dem rechten Fenster zu und betrachtet es. Er geht und stellt sich unters rechte Fenster. Er betrachtet das rechte Fenster mit dem Kopf im Nacken. Er wendet sich dem linken Fenster zu und betrachtet es. Er geht hinaus und kommt alsbald mit einer kleinen Bockleiter wieder, stellt sie unter das linke Fenster, steigt hinauf und schiebt den Vorhang zur Seite. Er steigt von der Leiter, geht sechs Schritte auf das rechte Fenster zu, macht kehrt, um die Leiter zu holen,

vers la fenêtre à gauche, retourne prendre l'escabeau, l'installe sous la fenêtre à gauche, monte dessus, regarde par la fenêtre. Rire bref. Il descend de l'escabeau, fait un pas vers la fenêtre à droite, retourne prendre l'escabeau, l'installe sous la fenêtre à droite, monte dessus, regarde par la fenêtre. Rire bref. Il descend de l'escabeau, va vers les poubelles, retourne prendre l'escabeau, le prend, se ravise, le lâche, va aux poubelles, enlève le drap qui les recouvre, le plie soigneusement et le met sur le bras. Il soulève un couvercle, se penche et regarde dans la poubelle. Rire bref. Il rabat le couvercle. Même jeu avec l'autre poubelle. Il va vers Hamm, enlève le drap qui le recouvre, le plie soigneusement et le met sur le bras. En robe de chambre, coiffé d'une calotte en feutre, un grand mouchoir étalé sur le visage, un sifflet pendu au cou, un plaid sur les genoux, d'épaisses chaussettes aux pieds, Hamm semble dormir. Clov le regarde. Rire bref. Il va à la porte, s'arrête, se retourne, contemple la scène, se tourne vers la salle.

CLOV *regard fixe, voix blanche:* ... Fini, c'est fini, ça va finir, ça va peut-être finir. *Un temps.* Les grains s'ajoutent aux grains, un à un, et un jour,

stellt sie unters rechte Fenster, steigt hinauf und schiebt den Vorhang zur Seite. Er steigt von der Leiter, geht drei Schritte auf das linke Fenster zu, macht kehrt, um die Leiter zu holen, stellt sie unters linke Fenster, steigt hinauf und schaut durchs Fenster. Kurzes Lachen. Er steigt von der Leiter, geht einen Schritt auf das rechte Fenster zu, macht kehrt, um die Leiter zu holen, stellt sie unters rechte Fenster, steigt hinauf und schaut durchs Fenster. Kurzes Lachen. Er steigt von der Leiter, geht auf die Mülleimer zu, macht kehrt, um die Leiter zu holen, faßt sie an, besinnt sich anders, läßt sie los, geht auf die Mülleimer zu, nimmt das Bettuch, das sie verhüllt, herunter, faltet es sorgsam und legt es über den Arm. Er hebt einen Deckel an, bückt sich und schaut in den Mülleimer. Kurzes Lachen. Er klappt den Deckel wieder zu. Dasselbe Spiel mit dem anderen Mülleimer. Er geht auf Hamm zu, nimmt das Bettuch, das ihn verhüllt, herunter, faltet es sorgsam und legt es über den Arm. Im Morgenrock, mit einer Filzkappe auf dem Kopf, einem übers Gesicht gebreiteten großen Taschentuch, einer um den Hals hängenden Signalpfeife, einem auf den Knien liegenden Plaid und dicken Socken an den Füßen scheint Hamm zu schlafen. Clov betrachtet ihn. Kurzes Lachen. Er geht zur Tür, hält an, macht kehrt, betrachtet die Bühne und wendet sich dem Saal zu.

CLOV *mit starrem Blick und tonloser Stimme:* ... Ende, es ist zu Ende, es geht zu Ende, es geht vielleicht zu Ende. *Pause.* Ein Körnchen kommt

soudain, c'est un tas, un petit tas, l'impossible tas. *Un temps.* On ne peut plus me punir. *Un temps.* Je m'en vais dans ma cuisine, trois mètres sur trois mètres sur trois mètres, attendre qu'il me siffle. *Un temps.* Ce sont de jolies dimensions, je m'appuierai à la table, je regarderai le mur, en attendant qu'il me siffle.

Il reste un moment immobile. Puis il sort. Il revient aussitôt, va prendre l'escabeau, sort en emportant l'escabeau. Un temps. Hamm bouge. Il bâille sous le mouchoir. Il ôte le mouchoir de son visage. Lunettes d'aveugle.

HAMM: ... A ... *bâillements* ... à moi. *Un temps.* De jouer. *Il tient à bout de bras le mouchoir ouvert devant lui.* Vieux linge! *Il ôte ses lunettes, s'essuie les yeux, le visage, essuie les lunettes, les remet, plie soigneussement le mouchoir et le met délicatement dans la poche du haut de sa robe de chambre. Il s'éclaircit la gorge, joint les bouts des doigts.* Peut-il y a ... *bâillements* ... y avoir misère plus ... plus haute que la mienne? Sans doute. Autrefois. Mais aujourd'hui? *Un temps.* Mon père? *Un temps.* Ma mère? *Un temps.* Mon ... chien? *Un temps.* Oh je veux bien qu'ils souffrent autant que de tels êtres peuvent souffrir. Mais est-ce dire que nos souffrances se valent? Sans doute. *Un temps.* Non, tout est a ... *bâillements* ... bsolu, *fier* plus on est grand et plus on est plein. *Un temps. Morne.* Et plus on est vide. *Il renifle.* Clov! *Un temps.*

zum anderen, eins nach dem anderen, und eines Tages, plötzlich, ist es ein Haufen, ein kleiner Haufen, der unmögliche Haufen. *Pause.* Man kann mich nicht mehr strafen. *Pause.* Ich gehe in meine Küche, drei Meter mal drei Meter mal drei Meter, warten, bis er mir pfeift. *Pause.* Es sind hübsche Dimensionen, ich werde mich an den Tisch lehnen, ich werde die Wand betrachten und warten, bis er mir pfeift.

Er verharrt einen Augenblick regungslos. Dann geht er hinaus, kommt alsbald wieder, holt die Leiter und trägt sie hinaus. Pause. Hamm bewegt sich. Er gähnt unterm Taschentuch. Er nimmt das Taschentuch von seinem Gesicht. Blindenbrille.

HAMM: ... Ah! ... *Er gähnt* ... Ich bin dran. *Pause.* Jetzt spiele ich! *Er hält das Taschentuch mit ausgestreckten Armen ausgebreitet vor sich.* Altes Linnen! *Er nimmt seine Brille ab, wischt seine Augen, das Gesicht, putzt die Brille, setzt sie wieder auf, faltet sorgsam das Taschentuch und steckt es bedächtig in die obere Tasche seines Morgenrocks. Er hustet sich frei und legt die Fingerspitzen aneinander.* Kann es überhaupt ... *er gähnt* ... ein Elend geben, das ... erhabener ist als meines? Wahrscheinlich. Früher. Aber heute? *Pause.* Mein Vater? *Pause.* Meine Mutter? *Pause.* Mein ... Hund? *Pause.* Oh, ich kann mir wohl denken, daß sie soviel leiden, wie solche Wesen leiden können. Soll das aber heißen, daß unsere Leiden gleichwertig sind? Wahrscheinlich. *Pause.* Nein, alles ist ... *er gähnt* ... absolut, *stolz* je größer man ist, um so voller ist man.

Non, je suis seul. *Un temps.* Quels rêves ... avec un s! Ces forêts! *Un temps.* Assez, il est temps que cela finisse, dans le refuge aussi. *Un temps.* Et cependant j'hésite, j'hésite à ... à finir. Oui, c'est bien ça, il est temps que cela finisse et cependant j'hésite encore à ... *bâillements* ... à finir. *Bâillements.* Oh là là, qu'est-ce que je tiens, je ferais mieux d'aller me coucher. *Il donne un coup de sifflet. Entre Clov aussitôt. Il s'arrête à côté du fauteuil.* Tu empestes l'air! *Un temps.* Prépare-moi, je vais me coucher.

CLOV: Je viens de te lever.

HAMM: Et après?

CLOV: Je ne peux pas te lever et te coucher toutes les cinq minutes, j'ai à faire.

Un temps.

HAMM: Tu n'as jamais vu mes yeux?

CLOV: Non.

HAMM: Tu n'as jamais eu la curiosité, pendant que je dormais, d'enlever mes lunettes et de regarder mes yeux?

CLOV: En soulevant les paupières? *Un temps.* Non.

HAMM: Un jour je te les montrerai. *Un temps.* Il paraît qu'ils sont devenus tout blancs. *Un temps.* Quelle heure est-il?

CLOV: La même que d'habitude.

HAMM: Tu as regardé?

CLOV: Oui.

HAMM: Et alors?

Pause. Trübsinnig. Und um so leerer! *Er schnauft.* Clov! *Pause.* Nein, ich bin allein. *Pause.* Welche Träume! ... Diese Wälder! *Pause.* Schluß damit, es wird Zeit, daß es endet, auch in dem Unterschlupf. *Pause.* Und doch zögere ich, ich zögere noch zu ... zu enden. Ja, das ist es, es wird Zeit, daß es endet, und doch zögere ich noch zu ... *er gähnt* ... enden. *Er gähnt.* Oh je, oh je, was hab ich bloß, ich sollte mich lieber schlafen legen. *Er pfeift einmal kurz. Clov kommt sofort herein. Er bleibt neben dem Sessel stehen.* Du verpestest die Luft! *Pause.* Mach mich fertig, ich will mich schlafen legen.

CLOV: Ich habe dich gerade aufstehen lassen.

HAMM: Na und?

CLOV: Ich kann dich nicht alle fünf Minuten aufstehen lassen und wieder schlafen legen, ich habe zu tun.

Pause

HAMM: Hast du je meine Augen gesehen?

CLOV: Nein.

HAMM: Hat dich niemals verlangt, während ich schlief, meine Brille abzunehmen und meine Augen zu betrachten?

CLOV: Indem ich die Lider hochzöge? *Pause.* Nein.

HAMM: Eines Tages werde ich sie dir zeigen. *Pause.* Sie sollen ganz weiß geworden sein. *Pause.* Wieviel Uhr ist es?

CLOV: Soviel wie gewöhnlich.

HAMM: Hast du nachgeschaut?

CLOV: Ja.

HAMM: Und?

CLOV: Zéro.

HAMM: Il faudrait qu'il pleuve.

CLOV: Il ne pleuvra pas.

Un temps.

HAMM: A part ça, ça va?

CLOV: Je ne me plains pas.

HAMM: Tu te sens dans ton état normal?

CLOV *agacé:* Je te dis que je ne me plains pas.

HAMM: Moi je me sens un peu drôle. *Un temps.* Clov.

CLOV: Oui.

HAMM: Tu n'en as pas assez?

CLOV: Si! *Un temps.* De quoi?

HAMM: De ce . . . de cette . . . chose.

CLOV: Mais depuis toujours. *Un temps.* Toi non?

HAMM *morne:* Alors il n'y a pas de raison pour que ça change.

CLOV: Ça peut finir. *Un temps.* Toute la vie les mêmes questions, les mêmes réponses.

HAMM: Prépare-moi. *Clov ne bouge pas.* Va chercher le drap. *Clov ne bouge pas.* Clov.

CLOV: Oui.

HAMM: Je ne te donnerai plus rien à manger.

CLOV: Alors nous mourrons.

HAMM: Je te donnerai juste assez pour t'empêcher de mourir. Tu auras tout le temps faim.

CLOV: Alors nous ne mourrons pas. *Un temps.* Je vais chercher le drap. *Il va vers la porte.*

HAMM: Pas la peine. *Clov s'arrête.* Je te donnerai

CLOV: Nichts.

HAMM: Es müßte regnen.

CLOV: Es wird nicht regnen.

Pause

HAMM: Und sonst, wie geht's?

CLOV: Ich beklage mich nicht.

HAMM: Fühlst du dich in deinem normalen Zustand?

CLOV *gereizt:* Ich sagte doch, daß ich mich nicht beklage.

HAMM: Ich fühle mich etwas komisch. *Pause.* Clov.

CLOV: Ja.

HAMM: Hast du es nicht satt?

CLOV: Doch! *Pause.* Was denn?

HAMM: Dieses ... alles.

CLOV: Seit jeher schon. *Pause.* Du nicht?

HAMM *trübsinnig:* Es gibt also keinen Grund dafür, daß sich etwas ändert.

CLOV: Es kann zu Ende gehen. *Pause.* Das ganze Leben dieselben Fragen, dieselben Antworten.

HAMM: Mach mich fertig. *Clov rührt sich nicht. Pause.* Hol das Tuch. *Pause.* Clov!

CLOV: Ja.

HAMM: Ich werde dir nichts mehr zu essen geben.

CLOV: Dann werden wir sterben.

HAMM: Ich werde dir gerade soviel geben, daß du nicht sterben kannst. Du wirst die ganze Zeit Hunger haben.

CLOV: Dann werden wir nicht sterben. *Pause.* Ich hole das Tuch. *Er geht zur Tür.*

HAMM: Nicht der Mühe wert. *Clov bleibt stehen.*

un biscuit par jour. *Un temps.* Un biscuit et demi. *Un temps.* Pourquoi restes-tu avec moi?

CLOV: Pourquoi me gardes-tu?
HAMM: Il n'y a personne d'autre.
CLOV: Il n'y a pas d'autre place.
Un temps.
HAMM: Tu me quittes quand même.
CLOV: J'essaie.
HAMM: Tu ne m'aimes pas.
CLOV: Non.
HAMM: Autrefois tu m'aimais.
CLOV: Autrefois!
HAMM: Je t'ai trop fait souffrir. *Un temps.* N'est-ce pas?
CLOV: Ce n'est pas ça.
HAMM *outré:* Je ne t'ai pas trop fait souffrir?

CLOV: Si.
HAMM *soulagé:* Ah! Quand même! *Un temps. Froidement.* Pardon. *Un temps. Plus fort.* J'ai dit, Pardon.
CLOV: Je t'entends. *Un temps.* Tu as saigné?
HAMM: Moins. *Un temps.* Ce n'est pas l'heure de mon calmant?
CLOV: Non.
Un temps.
HAMM: Comment vont tes yeux?
CLOV: Mal.
HAMM: Comment vont tes jambes?
CLOV: Mal.
HAMM: Mais tu peux bouger.

Ich werde dir einen Zwieback pro Tag geben. *Pause.* Anderthalb Zwieback. *Pause.* Warum bleibst du bei mir?

CLOV: Warum behältst du mich?

HAMM: Es gibt sonst niemand.

CLOV: Es gibt sonst keine Stelle.

Pause

HAMM: Und doch verläßt du mich.

CLOV: Ich versuch's.

HAMM: Du magst mich nicht.

CLOV: Nein.

HAMM: Früher mochtest du mich.

CLOV *überdrüssig:* Früher!

HAMM: Ich habe dich zuviel leiden lassen. *Pause.* Nicht wahr?

CLOV: Das ist es nicht.

HAMM *entrüstet:* Ich habe dich nicht zuviel leiden lassen?

CLOV: Doch.

HAMM *erleichtert:* Ah! Immerhin! *Pause. Kalt.* Verzeihung. *Pause. Lauter.* Ich sagte: Verzeihung.

CLOV: Ich habe es gehört. *Pause.* Hast du geblutet?

HAMM: Weniger. *Pause.* Muß ich jetzt nicht mein Beruhigungsmittel einnehmen?

CLOV: Nein.

Pause

HAMM: Wie geht es deinen Augen?

CLOV: Schlecht.

HAMM: Wie geht es deinen Beinen?

CLOV: Schlecht.

HAMM: Aber du kannst laufen.

CLOV: Oui.

HAMM *avec violence:* Alors bouge! *Clov va jusqu'au mur du fond, s'y appuie du front et des mains.* Où es-tu?

CLOV: Là.

HAMM: Reviens! *Clov retourne à sa place à côté du fauteuil.* Où es-tu?

CLOV: Là.

HAMM: Pourquoi ne me tues-tu pas?

CLOV: Je ne connais pas la combinaison du buffet.

Un temps.

HAMM: Va me chercher deux roues de bicyclette.

CLOV: Il n'y a plus de roues de bicyclette.

HAMM: Qu'est-ce que tu as fait de ta bicyclette?

CLOV: Je n'ai jamais eu de bicyclette.

HAMM: La chose est impossible.

CLOV: Quand il y avait encore des bicyclettes j'ai pleuré pour en avoir une. Je me suis traîné à tes pieds. Tu m'as envoyé promener. Maintenant il n'y en a plus.

HAMM: Et tes courses alors? Quand tu allais voir mes pauvres. Toujours à pied?

CLOV: Quelquefois à cheval. *Le couvercle d'une des poubelles se soulève et les mains de Nagg apparaissent, accrochées au rebord. Puis la tête émerge, coiffée d'un bonnet de nuit. Teint très blanc. Nagg bâille, puis écoute.* Je te quitte, j'ai à faire.

HAMM: Dans ta cuisine?

CLOV: Oui.

Clov: Ja.

Hamm *aufbrausend:* Also, lauf! *Clov geht bis an die Wand im Hintergrund und lehnt sich mit Stirn und Händen daran.* Wo bist du?

Clov: Hier.

Hamm: Komm zurück! *Clov kehrt an seinen Platz neben dem Sessel zurück.* Wo bist du?

Clov: Hier.

Hamm: Warum tötest du mich nicht?

Clov: Ich weiß nicht, wie der Speiseschrank aufgeht.

Pause

Hamm: Hole zwei Räder. Von einem Fahrrad.

Clov: Es gibt keine Fahrräder mehr.

Hamm: Was hast du mit deinem Fahrrad gemacht?

Clov: Ich habe nie ein Fahrrad gehabt.

Hamm: So was gibt es ja gar nicht!

Clov: Als es noch Fahrräder gab, habe ich geweint, um eins zu bekommen. Ich lag zu deinen Füßen. Du hast mich zum Teufel geschickt. Jetzt gibt es keine mehr.

Hamm: Und deine Botengänge? Wenn du meine Armen aufsuchtest. Immer zu Fuß?

Clov: Manchmal zu Roß. *Der Deckel eines der beiden Mülleimer hebt sich, und die um den Rand geklammerten Hände von Nagg werden sichtbar. Dann taucht der mit einer Schlafmütze bedeckte Kopf auf. Sehr weiße Gesichtsfarbe. Nagg gähnt und lauscht dann.* Ich verlasse dich, ich habe zu tun.

Hamm: In deiner Küche?

Clov: Ja.

HAMM: Hors d'ici, c'est la mort. *Un temps.* Bon, va-t'en. *Clov sort. Un temps.* Ça avance.

NAGG: Ma bouillie!

HAMM: Maudit progéniteur!

NAGG: Ma bouillie!

HAMM: Ah il n'y a plus de vieux! Bouffer, bouffer, ils ne pensent qu'à ça! *Il siffle. Entre Clov. Il s'arrête à côté du fauteuil.* Tiens! Je croyais que tu allais me quitter.

CLOV: Oh pas encore, pas encore.

NAGG: Ma bouillie!

HAMM: Donne-lui sa bouillie.

CLOV: Il n'y a plus de bouillie.

HAMM *à Nagg:* Il n'y a plus de bouillie. Tu n'auras jamais plus de bouillie.

NAGG: Je veux ma bouillie!

HAMM: Donne-lui un biscuit. *Clov sort.* Maudit fornicateur! Comment vont tes moignons?

NAGG: T'occupe pas de mes moignons.

Entre Clov, un biscuit à la main.

CLOV: Je suis de retour, avec le biscuit.

Il met le biscuit dans la main de Nagg qui le prend, le palpe, le renifle.

NAGG *geignard:* Qu'est-ce que c'est?

CLOV: C'est le biscuit classique.

NAGG *de même:* C'est dur! Je ne peux pas!

HAMM: Boucle-le!

Clov enfonce Nagg dans la poubelle, rabat le couvercle.

HAMM: Draußen ist der Tod. *Pause.* Gut, geh nur. *Clov geht hinaus. Pause.* Es geht voran.

NAGG: Meinen Brei!

HAMM: Verfluchter Erzeuger!

NAGG: Meinen Brei!

HAMM: Ah! Keine Haltung mehr, die Alten. Fressen, fressen, sie denken nur ans Fressen. *Er pfeift. Clov kommt herein und bleibt neben dem Sessel stehen.* Sieh mal an! Ich dachte, du wolltest mich verlassen.

CLOV: Oh, noch nicht, noch nicht.

NAGG: Meinen Brei!

HAMM: Gib ihm seinen Brei.

CLOV: Es gibt keinen Brei mehr.

HAMM: Es gibt keinen Brei mehr. Du wirst nie wieder Brei bekommen.

NAGG: Ich will meinen Brei!

HAMM: Gib ihm einen Zwieback. *Clov geht.* Verfluchter Hurenbock! Wie geht es deinen Stümpfen?

NAGG: Kümmere dich nicht um meine Stümpfe.

Clov kommt mit einem Zwieback in der Hand herein.

CLOV: Ich bin wieder da, mit dem Zwieback.

Er legt den Zwieback in die Hand von Nagg, der ihn annimmt, betastet und beschnuppert.

NAGG *jammernd:* Was ist denn das?

CLOV: Das ist der klassische Zwieback.

NAGG *jammernd:* Er ist hart! Ich kann nicht!

HAMM: Sperr ihn ein!

Clov drückt Nagg in den Mülleimer hinein und klappt den Deckel zu.

CLOV *retournant à sa place à côté du fauteuil:* Si vieillesse savait!

HAMM: Assieds-toi dessus.

CLOV: Je ne peux pas m'asseoir.

HAMM: C'est juste. Et moi je ne peux pas me tenir debout.

CLOV: C'est comme ça.

HAMM: Chacun sa spécialité. *Un temps.* Pas de coups de téléphone? *Un temps.* On ne rit pas?

CLOV *ayant réfléchi:* Je n'y tiens pas.

HAMM *ayant réfléchi:* Moi non plus. *Un temps.* Clov.

CLOV: Oui.

HAMM: La nature nous a oubliés.

CLOV: Il n'y a plus de nature.

HAMM: Plus de nature! Tu vas fort.

CLOV: Dans les environs.

HAMM: Mais nous respirons, nous changeons! Nous perdons nos cheveux, nos dents! Notre fraîcheur! Nos idéaux!

CLOV: Alors elle ne nous a pas oubliés.

HAMM: Mais tu dis qu'il n'y en a plus.

CLOV *tristement:* Personne au monde n'a jamais pensé aussi tordu que nous.

HAMM: On fait ce qu'on peut.

CLOV: On a tort.

Un temps.

HAMM: Tu te crois un morceau, hein?

CLOV: Mille.

Un temps.

CLOV *an seinen Platz neben dem Sessel zurückgehend:* Alter hat keine Tugend!

HAMM: Setz dich drauf.

CLOV: Ich kann mich nicht setzen.

HAMM: Richtig. Und ich kann nicht stehen.

CLOV: So ist es.

HAMM: Jedem seine Spezialität. *Pause.* Kein Anruf? *Pause.* Nicht lachen?

CLOV *nachdem er überlegt hat:* Mir liegt nichts daran.

HAMM *nachdem er überlegt hat:* Mir auch nicht. *Pause.* Clov.

CLOV: Ja.

HAMM: Die Natur hat uns vergessen.

CLOV: Es gibt keine Natur mehr.

HAMM: Keine Natur mehr! Du übertreibst.

CLOV: Ringsherum.

HAMM: Wir atmen doch, wir verändern uns! Wir verlieren unsere Haare, unsere Zähne! Unsere Frische! Unsere Ideale!

CLOV: Dann hat sie uns nicht vergessen.

HAMM: Du sagst doch, daß es keine mehr gibt.

CLOV *traurig:* Niemand auf der Welt hat je so verdreht gedacht wie wir.

HAMM: Man tut, was man kann.

CLOV: Man hat unrecht.

Pause

HAMM: Du hältst dich für gescheit, nicht?

CLOV: Gescheitert!

Pause

HAMM: Ça ne va pas vite. *Un temps.* Ce n'est pas l'heure de mon calmant?

CLOV: Non. *Un temps.* Je te quitte, j'ai à faire.

HAMM: Dans ta cuisine?

CLOV: Oui.

HAMM: A faire quoi, je me le demande.

CLOV: Je regarde le mur.

HAMM: Le mur! Et qu'est-ce que tu y vois, sur ton mur? Mané, mané? Des corps nus?

CLOV: Je vois ma lumière qui meurt.

HAMM: Ta lumière qui...! Qu'est-ce qu'il faut entendre! Eh bien, elle mourra tout aussi bien ici, ta lumière. Regarde-moi un peu et tu m'en diras des nouvelles, de ta lumière.

Un temps.

CLOV: Tu as tort de me parler comme ça.

Un temps.

HAMM *froidement:* Pardon. *Un temps. Plus fort.* J'ai dit, Pardon.

CLOV: Je t'entends.

Un temps. Le couvercle de la poubelle de Nagg se soulève. Les mains apparaissent, accrochées au rebord. Puis la tête émerge. Dans une main le biscuit. Nagg écoute.

HAMM: Tes graines ont levé?

CLOV: Non.

HAMM: Tu as gratté un peu voir si elles ont germé?

CLOV: Elles n'ont pas germé.

HAMM: C'est peut-être encore trop tôt.

HAMM: Es geht nicht schnell. *Pause.* Muß ich jetzt nicht mein Beruhigungsmittel einnehmen?

CLOV: Nein. *Pause.* Ich verlasse dich, ich habe zu tun.

HAMM: In deiner Küche?

CLOV: Ja.

HAMM: Was zu tun, das frage ich mich.

CLOV: Ich betrachte die Wand.

HAMM: Die Wand! Und was siehst du da, auf deiner Wand? Menetekel? Nackte Leiber?

CLOV: Ich sehe mein Licht, das stirbt.

HAMM: Dein Licht, das ...!? Was man nicht alles zu hören kriegt! Na ja, es wird ebenso gut hier sterben, d e i n Licht. Schau mich nur mal an, und dann werden wir nochmal darüber reden, über d e i n Licht.

Pause

CLOV: Du sollst nicht so zu mir sprechen.

Pause

HAMM *kalt:* Verzeihung. *Pause. Lauter.* Ich sagte: Verzeihung.

CLOV: Ich habe es gehört.

Pause. Der Deckel von Naggs Mülleimer hebt sich. Die um den Rand geklammerten Hände werden sichtbar. Dann taucht der Kopf auf. In einer Hand der Zwieback. Nagg lauscht.

HAMM: Sind deine Samenkörner aufgegangen?

CLOV: Nein.

HAMM: Hast du ein wenig gescharrt, um zu sehen, ob sie gekeimt haben?

CLOV: Sie haben nicht gekeimt.

HAMM: Es ist vielleicht noch zu früh.

CLOV: Si elles devaient germer elles auraient germé. Elles ne germeront jamais.

Un temps.

HAMM: C'est moins gai que tantôt. *Un temps.* Mais c'est toujours comme ça en fin de journée, n'est-ce pas, Clov?

CLOV: Toujours.

HAMM: C'est une fin de journée comme les autres, n'est-ce pas, Clov?

CLOV: On dirait.

Un temps.

HAMM *avec angoisse:* Mais qu'est-ce qui se passe, qu'est-ce qui se passe?

CLOV: Quelque chose suit son cours.

Un temps.

HAMM: Bon, va-t'en. *Il renverse la tête contre le dossier du fauteuil, reste immobile. Clov ne bouge pas. Il pousse un grand soupir. Hamm se redresse.*

Je croyais que je t'avais dit de t'en aller.

CLOV: J'essaie. *Il va à la porte, s'arrête.* Depuis ma naissance.

Il sort.

HAMM: Ça avance.

Il renverse la tête contre le dossier du fauteuil, reste immobile. Nagg frappe sur le couvercle de l'autre poubelle. Un temps. Il frappe plus fort. Le couvercle se soulève, les mains de Nell apparaissent, accrochées au rebord, puis la tête émerge. Bonnet de dentelle. Teint très blanc.

CLOV: Wenn sie keimen müßten, hätten sie gekeimt. Sie werden nie keimen.

Pause

HAMM: Es ist nicht so heiter wie vorhin.

Pause

Aber so ist es immer, abends, nicht wahr, Clov?

CLOV: Immer.

HAMM: Es ist ein Abend wie jeder andere, nicht wahr, Clov?

CLOV: Es scheint so.

Pause

HAMM *ängstlich:* Was ist denn los, was geschieht eigentlich?

CLOV: Irgend etwas geht seinen Gang.

Pause

HAMM: Gut, geh nur. *Er wirft den Kopf gegen die Rückenlehne des Sessels und verharrt regungslos. Clov rührt sich nicht. Er gibt einen langen Stoßseufzer von sich. Hamm richtet sich wieder auf.* Ich dachte, ich hätte dir gesagt, du solltest gehen.

CLOV: Ich versuch's. *Er geht zur Tür und bleibt stehen.* Seit meiner Geburt.

Er geht hinaus.

HAMM: Es geht voran.

Er wirft den Kopf gegen die Rückenlehne des Sessels und verharrt regungslos. Nagg klopft an den Deckel des anderen Mülleimers. Pause. Er klopft heftiger. Der Deckel hebt sich, die um den Rand geklammerten Hände Nells werden sichtbar, dann taucht ihr Kopf auf. Haube aus Spitze. Sehr weiße Gesichtsfarbe.

NELL: Qu'est-ce que c'est, mon gros?
Un temps. C'est pour la bagatelle?
NAGG: Tu dormais?
NELL: Oh non!
NAGG: Embrasse.
NELL: On ne peut pas.
NAGG: Essayons.
Les têtes avancent péniblement l'une vers l'autre, n'arrivent pas à se toucher, s'écartent.

NELL: Pourquoi cette comédie, tous les jours?
Un temps.
NAGG: J'ai perdu ma dent.
NELL: Quand cela?
NAGG: Je l'avais hier.
NELL *élégiaque:* Ah hier!
Ils se tournent péniblement l'un vers l'autre.
NAGG: Tu me vois?
NELL: Mal. Et toi?
NAGG: Quoi?
NELL: Tu me vois?
NAGG: Mal.
NELL: Tant mieux, tant mieux.
NAGG: Ne dis pas ça. *Un temps.* Notre vue a baissé.
NELL: Oui.
Un temps. Ils se détournent l'un de l'autre.
NAGG: Tu m'entends?
NELL: Oui. Et toi?
NAGG: Oui. *Un temps.* Notre ouïe n'a pas baissé.
NELL: Notre quoi?
NAGG: Notre ouïe.

NELL: Was ist denn, mein Dicker? *Pause.* Willst du wieder mit mir?

NAGG: Hast du geschlafen?

NELL: Oh nein.

NAGG: Küßchen!

NELL: Geht doch nicht.

NAGG: Mal versuchen.

Die Köpfe nähern sich mühsam einander, ohne sich berühren zu können, und weichen wieder auseinander.

NELL: Warum diese Komödie, jeden Tag?

Pause

NAGG: Mein Zahn ist ausgefallen.

NELL: Wann denn?

NAGG: Gestern hatte ich ihn noch.

NELL *elegisch:* Ah, gestern!

Sie wenden sich mühsam einander zu.

NAGG: Siehst du mich?

NELL: Schlecht. Und du?

NAGG: Was?

NELL: Siehst du mich?

NAGG: Schlecht.

NELL: Um so besser, um so besser.

NAGG: Sag das nicht! *Pause.* Unsere Sehkraft hat gelitten.

NELL: Ja.

Pause. Sie wenden sich voneinander ab.

NAGG: Hörst du mich?

NELL: Ja. Und du?

NAGG: Ja. *Pause.* Unser Gehör hat nicht gelitten.

NELL: Unser was?

NAGG: Unser Gehör.

NELL: Non. *Un temps.* As-tu autre chose à me dire?

NAGG: Tu te rappelles . . .

NELL: Non.

NAGG: L'accident de tandem où nous laissâmes nos guibolles.

Ils rient.

NELL: C'était dans les Ardennes.

Ils rient moins fort.

NAGG: A la sortie de Sedan. *Ils rient encore moins fort. Un temps.* Tu as froid?

NELL: Oui, très froid. Et toi?

NAGG: Je gèle. *Un temps.* Tu veux rentrer?

NELL: Oui.

NAGG: Alors rentre. *Nell ne bouge pas.* Pourquoi ne rentres-tu pas?

NELL: Je ne sais pas.

Un temps.

NAGG: On a changé ta sciure?

NELL: Ce n'est pas de la sciure. *Un temps. Avec lassitude.* Tu ne peux pas être un peu précis, Nagg?

NAGG: Ton sable alors. Quelle importance?

NELL: C'est important.

Un temps.

NAGG: Autrefois c'était de la sciure.

NELL: Hé oui.

NAGG: Et maintenant c'est du sable. *Un temps.* De la plage. *Un temps. Plus fort.* Maintenant c'est du sable qu'il va chercher à la plage.

NELL: Hé oui.

NAGG: Il te l'a changé?

NELL: Nein. *Pause.* Hast du mir sonst noch was zu sagen?

NAGG: Erinnerst du dich ...

NELL: Nein.

NAGG: An den Tandemunfall, bei dem wir unsere Haxen verloren.

Sie lachen.

NELL: Es war in den Ardennen.

Sie lachen leiser.

NAGG: Am Ausgang von Sedan. *Sie lachen noch leiser. Pause.* Ist dir kalt?

NELL: Ja, sehr kalt. Und du?

NAGG: Mich friert. *Pause.* Willst du wieder rein?

NELL: Ja!

NAGG: Dann geh rein. *Nell rührt sich nicht. Nagg schaut sie an.* Warum gehst du nicht rein?

NELL: Ich weiß nicht.

Pause

NAGG: Hat man dein Sägemehl erneuert?

NELL: Es ist kein Sägemehl. *Pause. Überdrüssig.* Kannst du dich nicht etwas genauer ausdrücken, Nagg?

NAGG: Dann eben deinen Sand. Ist das so wichtig?

NELL: Das ist wichtig.

Pause

NAGG: Früher war es Sägemehl.

NELL *überdrüssig:* Früher.

NAGG: Und nun ist es Sand. *Pause.* Vom Strand. *Pause. Lauter.* Nun ist es Sand, er holt ihn vom Strand.

NELL: Nun ist es Sand.

NAGG: Hat er deinen erneuert?

NELL: Non.

NAGG: A moi non plus. *Un temps.* Il faut gueuler. *Un temps. Montrant le biscuit.* Tu veux un bout?

NELL: Non. *Un temps.* De quoi?

NAGG: De biscuit. Je t'en ai gardé la moitié. *Il regarde le biscuit. Fier.* Les trois quarts. Pour toi. Tiens. *Il lui tend le biscuit.* Non? *Un temps.* Ça ne va pas?

HAMM *avec lassitude:* Mais taisez-vous, taisez-vous, vous m'empêchez de dormir. *Un temps.* Parlez plus bas. *Un temps.* Si je dormais je ferais peut-être l'amour. J'irais dans les bois. Je verrais ... le ciel, la terre. Je courrais. On me poursuivrait. Je m'enfuirais. *Un temps.* Nature! *Un temps.* Il y a une goutte d'eau dans ma tête. *Un temps.* Un cœur, un cœur dans ma tête.

Un temps.

NAGG *bas:* Tu as entendu? Un cœur dans sa tête! *Il glousse précautionneusement.*

NELL: Il ne faut pas rire de ces choses, Nagg. Pourquoi en ris-tu toujours?

NAGG: Pas si fort!

NELL *sans baisser la voix:* Rien n'est plus drôle que le malheur, je te l'accorde. Mais –

NAGG *scandalisé.* Oh!

NELL: Si, si, c'est la chose la plus comique au monde. Et nous en rions, nous en rions, de bon cœur, les premiers temps. Mais c'est toujours la même chose. Oui, c'est comme la bonne histoire qu'on nous raconte trop souvent, nous la trouvons toujours bonne, mais nous n'en rions plus.

NELL: Nein.

NAGG: Meinen auch nicht. *Pause.* Man muß maulen. *Pause. Den Zwieback zeigend.* Willst du ein Stück?

NELL: Nein. *Pause.* Wovon?

NAGG: Vom Zwieback. Ich habe die Hälfte davon verwahrt. *Er betrachtet den Zwieback. Stolz.* Drei Viertel. Für dich. Da. *Er reicht ihr den Zwieback.* Nein? *Pause.* Ist dir nicht gut?

HAMM *überdrüssig:* Seid doch still, seid still, laßt mich doch schlafen. *Pause.* Sprecht leiser. *Pause.* Wenn ich schlafen könnte! Ich würde vielleicht lieben. In die Wälder gehen. Sehen ... den Himmel, die Erde! Laufen! Fliehen! *Pause.* Natur! *Pause.* Es tropft, es tropft in meinem Kopf. *Pause.* Es ist ein Herz, ein Herz in meinem Kopf.

Pause

NAGG *leise:* Hast du gehört? Ein Herz in seinem Kopf! *Er guckt vorsichtig.*

NELL: Man soll nicht über so was lachen, Nagg. Warum lachst du immer darüber?

NAGG: Nicht so laut!

NELL *ohne leiser zu sprechen:* Nichts ist komischer als das Unglück, zugegeben. Aber ...

NAGG *entrüstet:* Oh!!

NELL: Doch, doch, es gibt nichts Komischeres auf der Welt. Und wir lachen darüber, wir lachen darüber, aus vollem Herzen, am Anfang. Aber es ist immer dasselbe. Ja, es ist wie der gute Witz, der einem zu oft erzählt wird, wir finden ihn immer gut, aber wir lachen nicht mehr dar-

Un temps.

As-tu autre chose à me dire?

NAGG: Non.

NELL: Réfléchis bien. *Un temps.* Alors je vais te laisser.

NAGG: Tu ne veux pas ton biscuit? *Un temps.* Je te le garde. *Un temps.* Je croyais que tu allais me laisser.

NELL: Je vais te laisser.

NAGG: Tu peux me gratter d'abord?

NELL: Non. *Un temps.* Où?

NAGG: Dans le dos.

NELL: Non. *Un temps.* Frotte-toi contre le rebord.

NAGG: C'est plus bas. Dans le creux.

NELL: Quel creux?

NAGG: Le creux. *Un temps.* Tu ne peux pas? *Un temps.* Hier tu m'as gratté là.

NELL *élégiaque:* Ah hier!

NAGG: Tu ne peux pas? *Un temps.* Tu ne veux pas que je te gratte, toi? *Un temps.* Tu pleures encore?

NELL: J'essayais.

Un temps.

HAMM *bas:* C'est peut-être une petite veine.

Un temps.

NAGG: Qu'est-ce qu'il a dit?

NELL: C'est peut-être une petite veine.

NAGG: Qu'est-ce que ça veut dire? *Un temps.* Ça ne veut rien dire. *Un temps.* Je vais te raconter l'histoire du tailleur.

NELL: Pourquoi?

NAGG: Pour te dérider.

über. *Pause.* Hast du mir sonst noch was zu sagen?

NAGG: Nein.

NELL: Denk gut nach. *Pause.* Ich werde dich also verlassen.

NAGG: Willst du deinen Zwieback nicht? *Pause.* Ich verwahre ihn für dich. *Pause.* Ich dachte, du wolltest mich verlassen.

NELL: Ich werde dich verlassen.

NAGG: Kannst du mich vorher noch kratzen?

NELL: Nein. *Pause.* Wo?

NAGG: Am Rücken.

NELL: Nein. *Pause.* Reibe dich am Eimerrand.

NAGG: Es ist tiefer. Am Kreuz.

NELL: An welchem Kreuz?

NAGG: Am Kreuz. *Pause.* Kannst du nicht? *Pause.* Gestern hast du mich da gekratzt.

NELL *elegisch:* Ah, gestern!

NAGG: Kannst du nicht? *Pause.* Willst du nicht, daß ich dich kratze?
Pause. Weinst du schon wieder?

NELL: Ich versuchte es.

Pause

HAMM *leise:* Es ist vielleicht ein Äderchen.

Pause

NAGG: Was hat er gesagt?

NELL: Es ist vielleicht ein Äderchen.

NAGG: Was soll das heißen? *Pause.* Das will nichts heißen. *Pause.* Ich werde dir den Witz vom Schneider erzählen.

NELL: Warum?

NAGG: Um dich aufzumuntern.

Nell: Elle n'est pas drôle.

Nagg: Elle t'a toujours fait rire. *Un temps.* La première fois j'ai cru que tu allais mourir.

Nell: C'était sur le lac de Côme. *Un temps.* Une après-midi d'avril. *Un temps.* Tu peux le croire?

Nagg: Quoi?

Nell: Que nous nous sommes promenés sur le lac de Côme. *Un temps.* Une après-midi d'avril.

Nagg: On s'était fiancés la veille.

Nell: Fiancés!

Nagg: Tu as tellement ri que tu nous as fait chavirer. On aurait dû se noyer.

Nell: C'était parce que je me sentais heureuse.

Nagg: Mais non, mais non, c'était mon histoire. La preuve, tu en ris encore. A chaque fois.

Nell: C'était profond, profond. Et on voyait le fond. Si blanc. Si net.

Nagg: Ecoute-la encore. *Voix de raconteur.* Un Anglais *il prend un visage d'Anglais, reprend le sien* ayant besoin d'un pantalon rayé en vitesse pour les fêtes du Nouvel An se rend chez son tailleur qui lui prend ses mesures. *Voix du tailleur.* »Et voilà qui est fait, revenez dans quatre jours, il sera prêt. »Bon. Quatre jours plus tard. *Voix du tailleur.* »Sorry, revenez dans huit jours, j'ai raté le fond.« Bon, ça va, le fond, c'est pas commode. Huit jours plus tard. *Voix du tailleur.* »Désolé, revenez dans dix jours, j'ai salopé l'entre-jambes.« Bon, d'accord, l'entre-jambes, c'est délicat. Dix jours plus tard. *Voix du tail-*

NELL: Er ist gar nicht lustig.

NAGG: Er hat dich immer zum Lachen gebracht. *Pause.* Beim ersten Mal habe ich geglaubt, du würdest sterben.

NELL: Es war auf dem Comer See. *Pause.* An einem Aprilnachmittag. *Pause.* Kannst du es glauben?

NAGG: Was?

NELL: Daß wir über den Comer See gerudert sind. *Pause.* An einem Aprilnachmittag.

NAGG: Wir hatten uns am Abend vorher verlobt.

NELL: Verlobt!

NAGG: Du hast so gelacht, daß wir gekentert sind. Wir hätten ertrinken sollen.

NELL: Es war, weil ich mich glücklich fühlte.

NAGG: Ach was, ach was, es war mein Witz. Beweis: du lachst immer noch darüber. Jedesmal.

NELL: Es war tief, tief. Man sah bis auf den Grund. So weiß. So rein.

NAGG: Hör ihn dir nochmal an. *Erzählerton.* Ein Engländer *er verzieht sein Gesicht, um einen Engländer nachzuahmen, und entspannt es dann wieder* der dringend eine gestreifte Hose für die Silvesterfeier braucht, begibt sich zu seinem Schneider, der seine Maße nimmt. *Stimme des Schneiders:* »So, das wäre geschafft, kommen Sie in vier Tagen wieder, dann ist sie fertig.« Gut. Vier Tage später. *Stimme des Schneiders:* »Sorry, kommen Sie in acht Tagen wieder, der Hosenboden ist mißraten.« Gut, macht nichts, der Hosenboden ist nicht so einfach. – Acht Tage später. *Stimme des Schneiders:* »Bedaure sehr, kommen

leur. »Navré, revenez dans quinze jours, j'ai bousillé la braguette.« Bon, à la rigueur, une belle braguette, c'est calé. *Un temps. Voix normale.* Je la raconte mal. *Un temps. Morne.* Je raconte cette histoire de plus en plus mal. *Un temps. Voix de raconteur.* Enfin bref, de faufil en aiguille, voici Pâques Fleuries et il loupe les boutonnières. *Visage, puis voix du client.* »Goddam Sir, non, vraiment, c'est indécent, à la fin! En six jours, vous entendez, six jours, Dieu fit le monde. Oui Monsieur, parfaitement Monsieur, le monde! Et vous, vous n'êtes pas foutu de me faire un pantalon en trois mois!« *Voix du tailleur, scandalisée.* »Mais Milord! Mais Milord! Regardez *geste méprisant, avec dégoût* le monde ... *un temps* ... et regardez *geste amoureux, avec orgueil* mon pantalon!«

Un temps. Il fixe Nell restée impassible, les yeux vagues, part d'un rire forcé et aigu, le coupe, avance la tête vers Nell, lance de nouveau son rire.

HAMM: Assez!
Nagg sursaute, coupe son rire.
NELL: On voyait le fond.
HAMM *excédé:* Vous n'avez pas fini? Vous n'allez donc jamais finir? *Soudain furieux.* Ça ne va donc jamais finir! *Nagg plonge dans la poubelle, rabat le couvercle. Nell ne bouge pas.* Mais de

Sie in zehn Tagen wieder, die Schrittnaht ist mißlungen.« Gut, einverstanden, die Schrittnaht ist delikat. – Zehn Tage später. *Stimme des Schneiders:* »Tut mir leid, kommen Sie in vierzehn Tagen wieder, der Schlitz ist mißglückt.« Gut, wenn's dann sein muß, ein schöner Schlitz muß sitzen. *Pause. Normale Stimme:* Ich erzähle ihn schlecht. *Pause. Trübsinnig.* Ich erzähle diesen Witz immer schlechter. *Pause. Erzählerton:* Kurzum, die Osterglocken blühen schon, und er verpatzt die Knopflöcher. *Gesicht und dann Stimme des Kunden:* »Goddam, Sir, nein, das ist wirklich unverschämt, so was! In sechs Tagen, hören Sie, in sechs Tagen hat Gott die Welt erschaffen. Ja, mein Herr, jawohl, mein Herr, sage und schreibe die Welt! Und Sie, Sie schaffen es nicht, mir in drei Monaten eine Hose zu nähen!« *Stimme des Schneiders, entrüstet:* »Aber Milord! Milord! Sehen Sie sich mal *verächtliche Geste, angeekelt* die Welt an ... *Pause* ... und sehen Sie da *selbstgefällige Geste, voller Stolz* meine Hose!«

Pause. Er starrt die gleichgültig gebliebene, ins Leere schauende Nell an, bricht in ein krampfhaftes, schrilles Lachen aus, schweigt plötzlich, schiebt seinen Kopf an Nell heran und lacht wieder los.

HAMM: Ruhe!

Nagg zuckt zusammen und hört auf zu lachen.

NELL: Man sah bis auf den Grund.

HAMM *aufgebracht:* Seid ihr noch nicht am Ende? Kommt ihr nie zu Ende? *Plötzlich wütend.* Es nimmt also kein Ende! *Nagg verschwindet im Mülleimer und klappt den Deckel zu. Nell rührt*

quoi peuvent-ils parler, de quoi peut-on parler encore? *Frénétique.* Mon royaume pour un boueux! *Il siffle.*

Entre Clov.

Enlève-moi ces ordures! Fous-les à la mer!

Clov va aux poubelles, s'arrête.

NELL: Si blanc.

HAMM: Quoi? Qu'est-ce qu'elle raconte?

Clov se penche sur Nell, lui tâte le poignet.

NELL *bas, à Clov:* Déserte.

Clov lui lâche le poignet, la fait rentrer dans la poubelle, rabat le couvercle, se redresse.

CLOV *retournant à sa place à côté du fauteuil:* Elle n'a plus de pouls.

HAMM: Oh pour ça elle est formidable, cette poudre. Qu'est-ce qu'elle a baragouiné?

CLOV: Elle m'a dit de m'en aller, dans le désert.

HAMM: De quoi je me mêle? C'est tout?

CLOV: Non.

HAMM: Et quoi encore?

CLOV: Je n'ai pas compris.

HAMM: Tu l'as bouclée?

CLOV: Oui.

HAMM: Ils sont bouclés tous les deux?

CLOV: Oui.

HAMM: On va condamner les couvercles. *Clov va vers la porte:* Ça ne presse pas. *Clov s'arrête.* Ma colère tombe, j'ai envie de faire pipi.

sich nicht. Worüber können sie denn reden, worüber kann man noch reden? *Rasend.* Mein Königreich für einen Müllkipper! *Er pfeift.*

Clov kommt herein.

Weg mit diesem Dreck! Ins Meer damit!

Clov geht zu den Mülleimern und bleibt stehen.

NELL: So weiß.

HAMM: Was? Was erzählt sie da?

Clov beugt sich über Nell und befühlt ihr Handgelenk.

NELL *leise, zu Clov:* Ich wüßte, was ich täte: ich flöhe.

Clov läßt ihr Handgelenk los, steckt sie in den Mülleimer, klappt den Deckel zu und richtet sich wieder auf.

CLOV *auf dem Wege zu seinem Platz neben dem Sessel:* Sie hat keinen Puls mehr.

HAMM: Oh, das Puder ist prima dagegen. Was hat sie sich in den Bart gebrummt? Heraus damit!

CLOV: Sie sagte, ich solle abhauen, in die Wüste.

HAMM: In was mische ich mich hinein? Ist das alles?

CLOV: Nein.

HAMM: Was denn noch?

CLOV: Ich hab's nicht verstanden.

HAMM: Hast du sie eingesperrt?

CLOV: Ja.

HAMM: Sind sie beide eingesperrt?

CLOV: Ja.

HAMM: Wir werden die Deckel vernieten. *Clov geht zur Tür.* Es eilt nicht. *Clov bleibt stehen.* Meine Wut läßt nach, ich möchte wohl Pipi machen.

CLOV: Je vais chercher le cathéter.

Il va vers la porte.

HAMM: Ça ne presse pas. *Clov s'arrête.* Donne-moi mon calmant.

CLOV: C'est trop tôt. *Un temps.* C'est trop tôt après ton remontant, il n'agirait pas.

HAMM: Le matin on vous stimule et le soir on vous stupéfie. A moins que ce ne soit l'inverse. *Un temps.* Il est mort naturellement, ce vieux médecin?

CLOV: Il n'était pas vieux.

HAMM: Mais il est mort?

CLOV: Naturellement. *Un temps.* C'est toi qui me demandes ça?

Un temps.

HAMM: Fais-moi faire un petit tour. *Clov se met derrière le fauteuil et le fait avancer.* Pas trop vite! *Clov fait avancer le fauteuil.* Fais-moi faire le tour du monde! *Clov fait avancer le fauteuil.* Rase les murs. Puis ramène-moi au centre. *Clov fait avancer le fauteuil.* J'étais bien au centre, n'est-ce pas?

CLOV: Oui.

HAMM: Il nous faudrait un vrai fauteuil roulant. Avec de grandes roues. Des roues de bicyclette. *Un temps.*
Tu rases?

CLOV: Oui.

HAMM *cherchant en tâtonnant le mur.* Ce n'est pas vrai! Pourquoi me mens-tu?

CLOV *serrant davantage le mur:* Là là.

CLOV: Ich hole den Katheter.

Er geht zur Tür.

HAMM: Es eilt nicht. *Clov bleibt stehen.* Gib mir mein Beruhigungsmittel.

CLOV: Es ist zu früh. *Pause.* Es ist zu früh nach deinem Stärkungsmittel, es würde nicht wirken.

HAMM: Morgens wird man aufgeputscht und abends wird man betäubt. Oder umgekehrt.

Pause

Er ist natürlich gestorben, der alte Arzt.

CLOV: Er war nicht alt.

HAMM: Aber er ist gestorben.

CLOV: Natürlich. *Pause.*

Und du fragst mich das?

Pause

HAMM: Laß mich eine kleine Runde machen. *Clov stellt sich hinter den Sessel und schiebt ihn ein Stück voran.* Nicht zu schnell. *Clov schiebt den Sessel weiter.* Eine Runde um die Welt. *Clov schiebt den Sessel weiter.* Scharf an der Wand entlang. Dann wieder zurück in die Mitte. *Clov schiebt den Sessel weiter.* Ich stand doch genau in der Mitte, nicht wahr?

CLOV: Ja.

HAMM: Wir müßten einen richtigen Rollstuhl haben. Mit großen Rädern. Wie beim Fahrrad. *Pause.* Scharf an der Wand entlang, nicht wahr?

CLOV: Ja.

HAMM *mit der Hand die Wand abtastend:* Es stimmt nicht! Warum belügst du mich?

CLOV *näher an die Wand heranfahrend:* Da, da!

HAMM: Stop! *Clov arrête le fauteuil tout près du mur du fond. Hamm pose la main contre le mur. Un temps.* Vieux mur! *Un temps.* Au-delà c'est ... l'autre enfer. *Un temps. Avec violence.* Plus près! Plus près! Tout contre!

CLOV: Enlève ta main. *Hamm retire sa main. Clov colle le fauteuil contre le mur.* Là.

Hamm se penche vers le mur, y colle l'oreille.

HAMM: Tu entends? *Il frappe le mur avec son doigt replié. Un temps.* Tu entends? Des briques creuses. *Il frappe encore.* Tout ça c'est creux! *Un temps. Il se redresse. Avec violence.* Assez! On rentre.

CLOV: On n'a pas fait le tour.

HAMM: Ramène-moi à ma place. *Clov ramène le fauteuil à sa place, l'arrête.*
C'est là ma place?

CLOV: Oui, ta place est là.

HAMM: Je suis bien au centre?

CLOV: Je vais mesurer.

HAMM: A peu près! A peu près!

CLOV: Là.

HAMM: Je suis à peu près au centre?

CLOV: Il me semble.

HAMM: Il te semble! Mets-moi bien au centre!

CLOV: Je vais chercher la chaîne.

HAMM: A vue de nez! A vue de nez! *Clov déplace insensiblement le fauteuil.*
Bien au centre!

CLOV: Là.

HAMM: Stop! *Clov hält den Sessel ganz in der Nähe der Hinterwand an. Hamm legt die Hand an die Wand. Pause.* Alte Wand! *Pause.* Jenseits ist ... die andere Höllle. *Pause. Heftig.* Noch näher! Noch näher! Ganz ran!

CLOV: Nimm die Hand weg. *Hamm zieht seine Hand zurück. Clov schiebt den Sessel gegen die Wand.* Da!

Hamm bückt sich und preßt sein Ohr an die Wand.

HAMM: Hörst du? *Er klopft mit seinem gekrümmten Finger an die Wand.* Hörst du? Hohle Backsteine. *Er klopft weiter.* Das ist alles hohl. *Pause. Er richtet sich auf. Heftig.* Genug. Jetzt wieder zurück.

CLOV: Wir haben die Runde noch nicht beendet.

HAMM: Zurück an meinen Platz. *Clov schiebt den Sessel wieder an seinen Platz und hält ihn an.* Ist das hier mein Platz?

CLOV: Ja, dein Platz ist hier.

HAMM: Stehe ich genau in der Mitte?

CLOV: Ich werde nachmessen.

HAMM: Ungefähr! Ungefähr!

CLOV: Da.

HAMM: Stehe ich ungefähr in der Mitte?

CLOV: Es scheint mir so.

HAMM: Es scheint dir so! Stell mich genau in die Mitte!

CLOV: Ich hole den Zollstock.

HAMM: Ach was! So in etwa. So in etwa. *Clov schiebt den Sessel unmerklich weiter.* Genau in die Mitte!

CLOV: Da!

Un temps.

HAMM: Je me sens un peu trop sur la gauche. *Clov déplace insensiblement le fauteuil. Un temps.* Maintenant je me sens un peu trop sur la droite. *Même jeu.* Je me sens un peu trop en avant. *Même jeu.* Maintenant je me sens un peu trop en arrière. *Même jeu.* Ne reste pas là *derrière le fauteuil,* tu me fais peur.

Clov retourne à sa place à côté du fauteuil.

CLOV: Si je pouvais le tuer je mourrais content.

Un temps.

HAMM: Quel temps fait-il?

CLOV: Le même que d'habitude.

HAMM: Regarde la terre.

CLOV: Je l'ai regardée.

HAMM: A la lunette?

CLOV: Pas besoin de lunette.

HAMM: Regarde-la à la lunette.

CLOV: Je vais chercher la lunette. *Il sort.*

HAMM: Pas besoin de lunette!

Entre Clov, la lunette à la main.

CLOV: Je suis de retour, avec la lunette. *Il va vers la fenêtre à droite, la regarde.* Il me faut l'escabeau.

HAMM: Pourquoi? Tu as rapetissé? *Clov sort, la lunette à la main.* Je n'aime pas ça, je n'aime pas ça.

Entre Clov avec l'escabeau, mais sans la lunette.

CLOV: Je suis de retour avec l'escabeau. *Il installe l'escabeau sous la fenêtre à droite, monte dessus,*

Pause

HAMM: Ich fühle mich etwas zu weit links. *Clov schiebt den Sessel unmerklich weiter. Pause.* Jetzt fühle ich mich etwas zu weit rechts. *Dasselbe Spiel.* Ich fühle mich etwas zu weit vorn. *Dasselbe Spiel.* Jetzt fühle ich mich etwas zu weit zurück. *Dasselbe Spiel.* Bleib nicht da stehen! *d. h. hinterm Sessel.* Du machst mir angst.

Clov kehrt an seinen Platz neben dem Sessel zurück.

CLOV: Wenn ich ihn töten könnte, würde ich zufrieden sterben.

Pause

HAMM: Wie ist das Wetter?

CLOV: Wie gewöhnlich.

HAMM: Schau dir die Erde an.

CLOV: Ich habe sie angeschaut.

HAMM: Durch das Fernglas?

CLOV: Man braucht kein Fernglas.

HAMM: Schau sie dir durch das Fernglas an.

CLOV: Ich hole das Fernglas. *Er geht hinaus.*

HAMM *höhnisch:* Man braucht kein Fernglas!

Clov kommt mit dem Fernglas in der Hand wieder.

CLOV: Ich bin wieder da, mit dem Fernglas. *Er geht auf das rechte Fenster zu und betrachtet es.* Ich brauche die Leiter.

HAMM: Warum? Bist du kleiner geworden? *Clov geht mit dem Fernglas in der Hand hinaus.* Ich mag das nicht, ich mag das nicht.

Clov kommt mit der Leiter aber ohne Fernglas herein.

CLOV: Ich bin wieder da mit der Leiter. *Er stellt die Leiter unterm rechten Fenster hin, steigt hinauf,*

se rend compte qu'il n'a pas la lunette, descend de l'escabeau. Il me faut la lunette.

Il va vers la porte.

HAMM *avec violence:* Mais tu as la lunette!

CLOV *s'arrêtant, avec violence:* Mais non, je n'ai pas la lunette! *Il sort.*

HAMM: C'est d'un triste.

Entre Clov, la lunette à la main. Il va vers l'escabeau.

CLOV: Ça redevient gai. *Il monte sur l'escabeau, braque la lunette sur le dehors.* Voyons voir ... *Il regarde, en promenant la lunette.* Zéro ... *il regarde* ... zéro ... *il regarde* ... et zéro. *Il baisse la lunette, se tourne vers Hamm.* Alors? Rassuré?

HAMM: Rien ne bouge. Tout est ...

CLOV: Zér –

HAMM *avec violence:* Je ne te parle pas! *Voix normale.* Tout est ... tout est ... tout est quoi? *Avec violence.* Tout est quoi?

CLOV: Ce que tout est? En un mot? C'est ça que tu veux savoir? Une seconde. *Il braque la lunette sur le dehors, regarde, baisse la lunette, se tourne vers Hamm.* Mortibus. *Un temps.* Alors? Content?

HAMM: Regarde la mer.

CLOV: C'est pareil.

HAMM. Regarde l'Océan!

Clov descend de l'escabeau, fait quelques pas vers la fenêtre à gauche, retourne prendre l'escabeau, l'installe sous la fenêtre à gauche, monte dessus,

merkt, daß er das Fernglas nicht mehr hat und steigt von der Leiter. Ich brauche das Fernglas.

Er geht zur Tür.

HAMM *heftig:* Du hast doch das Fernglas!

CLOV *hält an, heftig:* Eben nicht, ich hab das Fernglas nicht! *Er geht.*

HAMM: Es ist zum Weinen!

Clov kommt herein, mit dem Fernglas in der Hand. Er geht zur Leiter.

CLOV: Es wird wieder heiter. *Er steigt auf die Leiter und richtet das Fernglas nach draußen.* Mal sehen ... *Er schaut, indem er das Fernglas hin und her schwenkt.* Nichts ... *er schaut* ... nichts ... *er schaut* ... und wieder nichts. *Er läßt das Fernglas sinken und wendet sich Hamm zu.* Na? Beruhigt?

HAMM: Nichts rührt sich. Alles ist ...

CLOV: Ni ...

HAMM *heftig:* Ich rede nicht mit dir! *Normale Stimme.* Alles ist ... alles ist ... alles ist was? *Heftig* Alles ist was?

CLOV: Was alles ist? Mit einem Wort? Das möchtest du wissen? Moment mal. *Er richtet das Fernglas nach draußen, schaut, läßt das Fernglas sinken und wendet sich Hamm zu.* Aus! *Pause.* Na? Zufrieden?

HAMM: Schau dir die See an.

CLOV: Es ist dasselbe.

HAMM: Schau dir den Ozean an!

Clov steigt von der Leiter, geht ein paar Schritte auf das linke Fenster zu, macht kehrt, um die Leiter zu holen, stellt sie unterm linken Fenster auf,

braque la lunette sur le dehors, regarde longuement. Il sursaute, baisse la lunette, l'examine, la braque de nouveau.

CLOV: Jamais vu une chose comme ca!

HAMM *inquiet:* Quoi? Une voile? Une nageoire? Une fumée?

CLOV *regardant toujours:* Le fanal est dans le canal.

HAMM *soulagé:* Pah! Il l'était déjà.

CLOV *de même:* Il en restait un bout.

HAMM: La base.

CLOV *de même:* Oui.

HAMM: Et maintenant

CLOV *de même:* Plus rien.

HAMM: Pas de mouettes?

CLOV *de même:* Mouettes!

HAMM: Et l'horizon? Rien à l'horizon?

CLOV *baissant la lunette, se tournant vers Hamm, exaspéré:* Mais que veux-tu qu'il y ait à l'horizon?

Un temps.

HAMM: Les flots, comment sont les flots?

CLOV: Les flots? *Il braque la lunette.* Du plomb.

HAMM: Et le soleil?

CLOV *regardant toujours:* Néant.

HAMM: Il devrait être en train de se coucher pourtant. Cherche bien.

CLOV *ayant cherché:* Je t'en fous.

HAMM: Il fait donc nuit déjà?

CLOV *regardant toujours:* Non.

steigt hinauf, richtet das Fernglas nach draußen und schaut lange hindurch. Er zuckt zusammen, läßt das Fernglas sinken, prüft es und setzt es von neuem an.

CLOV: Hat man je so was gesehen!

HAMM *beunruhigt:* Was denn? Ein Segel? Eine Flosse? Eine Rauchfahne?

CLOV *schauend:* Der Leuchtturm liegt im Kanal.

HAMM *erleichtert:* Pah! Der liegt schon lange da.

CLOV *schauend:* Es war ein Stück davon übriggeblieben.

HAMM: Das Fundament.

CLOV *schauend:* Ja.

HAMM: Und nun?

CLOV *schauend:* Nichts mehr.

HAMM: Keine Möven?

CLOV *schauend, ärgerlich:* Möven!

HAMM: Und der Horizont? Nichts am Horizont?

CLOV *das Fernglas absetzend, sich Hamm zuwendend, voller Ungeduld:* Was soll denn schon am Horizont sein?

Pause

HAMM: Die Wogen, wie sind die Wogen?

CLOV: Die Wogen? *Er setzt das Fernglas an.* Aus Blei.

HAMM: Und die Sonne?

CLOV *schauend:* Keine.

HAMM: Sie müßte eigentlich gerade untergehen. Schau gut nach.

CLOV *nachdem er nachgeschaut hat:* Kein Gedanke.

HAMM: Es ist also schon Nacht?

CLOV *schauend:* Nein.

HAMM: Alors quoi?

CLOV *de même:* Il fait gris. *Baissant la lunette et se tournant vers Hamm, plus fort.* Gris! *Un temps. Encore plus fort.* GRRIS!

Il descend de l'escabeau, s'approche de Hamm par derrière et lui parle à l'oreille.

HAMM *sursautant:* Gris! Tu as dit gris?

CLOV: Noir clair. Dans tout l'univers.

HAMM: Tu vas fort. *Un temps.* Ne reste pas là, tu me fais peur.

Clov retourne à sa place à côté du fauteuil.

CLOV: Pourquoi cette comédie, tous les jours?

HAMM: La routine. On ne sait jamais. *Un temps.* Cette nuit j'ai vu dans ma poitrine. Il y avait un gros bobo.

CLOV: Tu as vu ton cœur.

HAMM: Non, c'était vivant. *Un temps. Avec angoisse.* Clov!

CLOV: Oui.

HAMM: Qu'est-ce qui se passe?

CLOV: Quelque chose suit son cours.

Un temps.

HAMM: Clov!

CLOV *agacé:* Qu'est-ce que c'est?

HAMM: On n'est pas en train de ... de ... signifier quelque chose?

CLOV: Signifier? Nous, signifier! *Rire bref.* Ah elle est bonne!

HAMM: Je me demande. *Un temps.* Une intelligence, revenue sur terre, ne serait-elle pas tentée de se faire des idées, à force de nous observer? *Prenant la voix de l'intelligence.* Ah, bon, je vois

HAMM: Was denn?

CLOV *schauend:* Es ist grau. *Er setzt das Fernglas ab und wendet sich Hamm zu. Lauter.* Grau! *Pause. Noch lauter.* GRAU!

Er steigt von der Leiter, nähert sich Hamm von hinten und flüstert ihm ins Ohr.

HAMM *zuckt zusammen:* Grau! Sagtest du grau?

CLOV: Hellschwarz, allüberall.

HAMM: Du übertreibst. *Pause.* Bleib nicht da stehen, du machst mir angst.

Clov geht wieder an seinen Platz neben dem Sessel.

CLOV: Warum diese Komödie, jeden Tag?

HAMM: Der alte Schlendrian. Man kann nie wissen. *Pause.* Diese Nacht habe ich in meine Brust gesehen. Darin war eine kleine Wunde.

CLOV: Du hast dein Herz gesehen.

HAMM: Nein, es lebte. *Pause. Ängstlich.* Clov!

CLOV: Ja.

HAMM: Was geschieht eigentlich?

CLOV: Irgend etwas geht seinen Gang.

Pause

HAMM: Clov!

CLOV *gereizt:* Was ist denn?

HAMM: Wir sind doch nicht im Begriff, etwas zu ... zu ... bedeuten?

CLOV: Bedeuten? Wir, etwas bedeuten? *Kurzes Lachen.* Das ist aber gut!

HAMM: Ich frage es mich. *Pause.* Wenn ein vernunftbegabtes Wesen auf die Erde zurückkehrte und uns lange genug beobachtete, würde es sich dann nicht Gedanken über uns machen? *Mit der*

ce que c'est, oui, je vois ce qu'ils font! *Clov sursaute, lâche la lunette et commence à se gratter le bas-ventre des deux mains. Voix normale.* Et même sans aller jusque-là, nous-mêmes ... *avec émotion* ... nous-mêmes ... par moments ... *Véhément.* Dire que tout cela n'aura peut-être pas été pour rien!

CLOV *avec angoisse, se grattant:* J'ai une puce!

HAMM: Une puce! Il y a encore des puces?

CLOV *se grattant:* Sur moi il y en a une. A moins que ce ne soit un morpion.

HAMM *très inquiet:* Mais à partir de là l'humanité pourrait se reconstituer! Attrape-la, pour l'amour du ciel!

CLOV: Je vais chercher la poudre.

Il sort.

HAMM: Une puce! C'est épouvantable! Quelle journée!

Entre Clov, un carton verseur à la main.

CLOV: Je suis de retour, avec l'insecticide.

HAMM: Flanque-lui en plein la lampe!

Clov dégage sa chemise du pantalon, déboutonne le haut de celui-ci, l'écarte de son ventre et verse la poudre dans le trou. Il se penche, regarde, attend, tressaille, reverse frénétiquement de la poudre, se penche, regarde, attend.

CLOV: La vache!

HAMM: Tu l'as eue?

Stimme des vernunftbegabten Wesens. Ah, ja, jetzt versteh' ich, was es ist, ja, jetzt begreife ich, was sie machen! *Clov zuckt zusammen, läßt das Fernglas fallen und beginnt, sich mit beiden Händen den Unterleib zu kratzen. Normale Stimme.* Und ohne überhaupt so weit zu gehen, machen wir selbst ... *gerührt* wir selbst ... uns nicht manchmal ... *Ungestüm.* Wenn man bedenkt, daß alles vielleicht nicht umsonst gewesen sein wird!

CLOV *ängstlich, sich kratzend:* Ich habe einen Floh!

HAMM: Einen Floh! Gibt es noch Flöhe!?

CLOV *sich kratzend:* Auf mir ist einer. Es sei denn, es ist eine Filzlaus.

HAMM *sehr beunruhigt:* Von da aus könnte sich ja die Menschheit von neuem entwickeln! Fang ihn, um des Himmels willen!

CLOV: Ich hole das Pulver.

Er geht hinaus.

HAMM: Ein Floh! Das ist ja schrecklich! Was für ein Tag!

Clov kommt mit einer Streudose in der Hand herein.

CLOV: Ich bin wieder da, mit dem Insektentod.

HAMM: Streu es ihm mitten in die Fresse!

Clov zieht sein Hemd aus der Hose, die er so aufknöpft und offen hält, daß er das Pulver von oben hineinstreuen kann. Er bückt sich, schaut nach, wartet, zittert, streut wild noch mehr Pulver hinein, bückt sich, schaut nach und wartet.

CLOV: So ein Biest!

HAMM: Hast du ihn erwischt?

CLOV: On dirait. *Il lâche le carton et arrange ses vêtements.* A moins qu'elle ne se tienne coïte.

HAMM: Coïte! Coite tu veux dire. A moins qu'elle ne se tienne coite.

CLOV: Ah! On dit coite? On ne dit pas coïte?

HAMM: Mais voyons! Si elle se tenait coïte nous serions baisés.

Un temps.

CLOV: Et ce pipi?

HAMM: Ça se fait.

CLOV: Ah ça c'est bien, ça c'est bien.

Un temps.

HAMM *avec élan:* Allons-nous en tous les deux, vers le sud! Sur la mer! Tu nous feras un radeau. Les courants nous emporteront, loin, vers d'autres . . . mammifères!

CLOV: Parle pas de malheur.

HAMM: Seul, je m'embarquerai seul! Prépare-moi ce radeau immédiatement. Demain je serai loin.

CLOV *se précipitant vers la porte:* Je m'y mets tout de suite.

HAMM: Attends! *Clov s'arrête.* Tu crois qu'il y aura des squales?

CLOV: Des squales? Je ne sais pas. S'il y en a il y en aura. *Il vers la porte.*

HAMM: Attends! *Clov s'arrête.* Ce n'est pas encore l'heure de mon calmant?

CLOV *avec violence:* Non! *Il va vers la porte.*

CLOV: Es scheint so. *Er läßt die Streudose fallen und ordnet seine Kleider.* Es sei denn, daß er sich kuschelt.

HAMM: Kuschelt? An wen? Kuscht willst du sagen. Es sei denn, daß er sich kuscht.

CLOV: Ah! Man sagt kuscht? Man sagt nicht kuschelt?

HAMM: Stell dir vor, wenn er sich an eine kuschelte, wären wir bedient.

Pause

CLOV: Und dein Pipi?

HAMM: Wird gemacht.

CLOV: Ah, das ist gut, das ist gut.

Pause

HAMM *schwungvoll:* Laß uns beide abhauen, nach Süden! Übers Meer! Du baust uns ein Floß. Die Strömungen treiben uns fort, weit weg, zu anderen . . . Säugetieren!

CLOV: Nenn das Unglück nicht beim Namen!

HAMM: Allein, ich werde allein aufbrechen! Mach mir sofort das Floß. Morgen werde ich schon weit weg sein!

CLOV *stürzt zur Tür:* Ich mach mich gleich daran.

HAMM: Warte mal! *Clov bleibt stehen.* Meinst du, daß es da Haifische gibt?

CLOV: Haifische? Ich weiß nicht. Wenn es noch welche gibt, gibt es da welche. *Er geht zur Tür.*

HAMM: Warte mal! *Clov bleibt stehen.* Muß ich noch immer nicht mein Beruhigungsmittel einnehmen?

CLOV *heftig:* Nein! *Er geht zur Tür.*

HAMM: Attends! *Clov s'arrête.* Comment vont tes yeux?
CLOV: Mal.
HAMM: Mais tu vois.
CLOV: Suffisamment.
HAMM: Comment vont tes jambes?
CLOV: Mal.
HAMM: Mais tu marches.
CLOV: Je vais, je viens.
HAMM: Dans ma maison. *Un temps. Prophétique et avec volupté.* Un jour tu seras aveugle. Comme moi. Tu seras assis quelque part, petit plein perdu dans le vide, pour toujours, dans le noir. Comme moi. *Un temps.* Un jour tu te diras, Je suis fatigué, je vais m'asseoir, et tu iras t'asseoir. Puis tu te diras, J'ai faim, je vais me lever et me faire à manger. Mais tu ne te lèveras pas. Tu te diras, J'ai eu tort de m'asseoir, mais puisque je me suis assis je vais rester assis encore un peu, puis je me lèverai et je me ferai à manger. Mais tu ne te lèveras pas et tu ne te feras pas à manger. *Un temps.* Tu regarderas le mur un peu, puis tu te diras, Je vais fermer les yeux, peut-être dormir un peu, après ça ira mieux, et tu les fermeras. Et quand tu les rouvriras il n'y aura plus de mur. *Un temps.* L'infini du vide sera autour de toi, tous les morts de tous les temps ressuscités ne le combleraient pas, tu y seras comme un petit gravier au milieu de la steppe. *Un temps.* Oui, un jour tu sauras ce que c'est, tu seras comme moi, sauf que toi tu n'auras personne, parce que

HAMM: Warte! *Clov bleibt stehen.* Wie geht es deinen Augen?

CLOV: Schlecht.

HAMM: Aber du siehst.

CLOV: Genug.

HAMM: Wie geht es deinen Beinen?

CLOV: Schlecht.

HAMM: Aber du läufst.

CLOV: Hin . . . und her.

HAMM: In meinem Hause. *Pause. Prophetisch und wollüstig.* Eines Tages wirst du blind sein. Wie ich. Du wirst irgendwo sitzen, ganz winzig, verloren im Leeren, für immer im Finstern. Wie ich. *Pause.* Eines Tages wirst du dir sagen: Ich bin müde, ich setze mich, und du wirst dich setzen. Dann wirst du dir sagen: Ich habe Hunger, ich steh jetzt auf und mach mir zu essen. Aber du wirst nicht aufstehen. Du wirst dir sagen: Ich hätte mich nicht setzen sollen, aber da ich mich gesetzt habe, bleib ich noch ein wenig sitzen, dann steh ich auf und mach mir zu essen. Aber du wirst nicht aufstehen und du wirst dir nichts zu essen machen. *Pause.* Du wirst die Wand ein wenig betrachten und dann wirst du dir sagen: Ich schließe die Augen und schlafe vielleicht ein wenig, danach geht's besser, und du wirst sie schließen. Und wenn du sie wieder öffnest, wird keine Wand mehr da sein. *Pause.* Die Unendlichkeit der Leere wird dich umgeben, alle auferstandenen Toten aller Zeiten würden sie nicht ausfüllen, du wirst darin wie ein kleiner Kiesel mitten in der Wüste sein. *Pause.* Ja, eines Tages wirst du wissen, wie

tu n'auras eu pitié de personne et qu'il n'y aura plus personne de qui avoir pitié.

Un temps.

CLOV: Ce n'est pas dit. *Un temps.* Et puis tu oublies une chose.

HAMM: Ah.

CLOV: Je ne peux pas m'asseoir.

HAMM *impatient:* Eh bien, tu te coucheras, tu parles d'une affaire. Ou tu t'arrêteras, tout simplement, tu resteras debout, comme maintenant. Un jour tu te diras, Je suis fatigué, je vais m'arrêter. Qu'importe la posture!

Un temps.

CLOV: Vous voulez donc tous que je vous quitte?

HAMM: Bien sûr.

CLOV: Alors je vous quitterai.

HAMM: Tu ne peux pas nous quitter.

CLOV: Alors je ne vous quitterai pas.

Un temps.

HAMM: Tu n'as qu'à nous achever.

Un temps.

Je te donne la combinaison du buffet si tu jures de m'achever.

CLOV: Je ne pourrais pas t'achever.

HAMM: Alors tu ne m'achèveras pas.

Un temps.

CLOV: Je te quitte, j'ai à faire.

HAMM: Tu te souviens de ton arrivée ici?

CLOV: Non. Trop petit, tu m'as dit.

HAMM: Tu te souviens de ton père?

es ist, wirst du wie ich sein, nur daß du niemanden haben wirst, weil du niemand bemitleidet hast und weil es dann niemand mehr zu bemitleiden gibt.

Pause

CLOV: Das ist nicht gesagt. *Pause.* Übrigens vergißt du etwas.

HAMM: So?!

CLOV: Ich kann mich nicht setzen.

HAMM *ungeduldig:* Dann wirst du dich eben legen, als wenn das was wäre. Oder du wirst ganz einfach anhalten und stehen bleiben, wie jetzt. Eines Tages wirst du dir sagen: Ich bin müde, ich halte an. Ganz gleich wie!

Pause

CLOV: Ihr wollt also alle, daß ich euch verlasse.

HAMM: Freilich!

CLOV: Dann werde ich euch verlassen.

HAMM: Du kannst uns nicht verlassen.

CLOV: Dann werde ich euch nicht verlassen.

Pause

HAMM: Du brauchst uns nur zu erledigen.

Pause

Ich werde dir sagen, wie der Speiseschrank aufgeht, wenn du schwörst, mich zu erledigen.

CLOV: Ich könnte dich nicht erledigen.

HAMM: Dann wirst du mich nicht erledigen.

Pause

CLOV: Ich verlasse dich, ich habe zu tun.

HAMM: Erinnerst du dich an deine Ankunft hier?

CLOV: Nein. Zu klein, sagtest du mir.

HAMM: Erinnerst du dich an deinen Vater?

CLOV *avec lassitude:* Même réplique. *Un temps.* Tu m'as posé ces questions des millions de fois.

HAMM: J'aime les vieilles questions. *Avec élan.* Ah les vieilles questions, les vieilles réponses, il n'y a que ça! *Un temps.* C'est moi qui t'ai servi de père.

CLOV: Oui. *Il le regarde fixement.* C'est toi qui m'as servi de cela.

HAMM: Ma maison qui t'a servi de home.

CLOV: Oui. *Long regard circulaire.* Ceci m'a servi de cela.

HAMM *fièrement:* Sans moi *geste vers soi,* pas de père. Sans Hamm *geste circulaire,* pas de home.

Un temps.

CLOV: Je te quitte.

HAMM: As-tu jamais pensé à une chose?

CLOV: Jamais.

HAMM: Qu'ici nous sommes dans un trou. *Un temps.* Mais derrière la montagne? Hein? Si c'était encore vert? Hein? *Un temps.* Flore! Pomone! *Un temps. Avec extase.* Cérès! *Un temps.* Tu n'auras peut-être pas besoin d'aller loin.

CLOV: Je ne peux pas aller loin. *Un temps.* Je te quitte.

HAMM: Mon chien est prêt?

CLOV: Il lui manque une patte.

HAMM: Il est soyeux?

CLOV: C'est le genre loulou.

HAMM: Va le chercher.

CLOV: Il lui manque une patte.

HAMM: Va le chercher! *Clov sort.* Ça avance.

CLOV *überdrüssig:* Dieselbe Replik. *Pause.* Du hast mir diese Fragen millionenmal gestellt.

HAMM: Ich liebe die alten Fragen. *Schwungvoll.* Ah, die alten Fragen, die alten Antworten, da geht nichts drüber! *Pause.* Ich habe dir als Vater gedient.

CLOV: Ja, du hast mir dazu gedient.

HAMM: Mein Haus hat dir als Heim gedient.

CLOV: Ja. *Er schaut lange ringsherum.* Dies hat mir dazu gedient.

HAMM *stolz:* Ohne mich *er zeigt auf sich* keinen Vater. Ohne Hamm *er zeigt ringsherum* kein Heim. *Pause*

CLOV: Ich verlasse dich.

HAMM: Hast du nie daran gedacht . . .

CLOV: Nie.

HAMM: Daß wir hier in einem Loch stecken. *Pause.* Hinterm Gebirge aber? Na? Wenn es da noch grün wäre? Na? *Pause.* Flora! Pomona! *Pause. Entzückt.* Ceres! *Pause.* Du brauchst vielleicht gar nicht weit zu gehen.

CLOV: Ich kann nicht weit gehen. *Pause.* Ich verlasse dich.

HAMM: Ist mein Hund fertig?

CLOV: Ihm fehlt noch ein Bein.

HAMM: Er ist weich, nicht wahr?

CLOV: Es ist eine Art Pudel.

HAMM: Hol ihn mal.

CLOV: Ihm fehlt noch ein Bein.

HAMM: Hol ihn mal! *Clov geht.* Es geht voran.

Il sort son mouchoir, s'en essuie le visage sans le déplier, le remet dans sa poche. Entre Clov, tenant par une de ses trois pattes un chien noir en peluche.

CLOV: Tes chiens sont là.
Il donne le chien à Hamm qui l'assied sur ses genoux, le palpe, le caresse.
HAMM: Il est blanc, n'est-ce pas?
CLOV: Presque.
HAMM: Comment presque? Il est blanc ou il ne l'est pas?
CLOV: Il ne l'est pas.
Un temps.
HAMM: Tu as oublié le sexe.
CLOV *vexé:* Mais il n'est pas fini. Le sexe se met en dernier.
Un temps.
HAMM: Tu n'as pas mis son ruban.
CLOV *avec colère:* Mais il n'est pas fini, je te dis! On finit son chien d'abord, puis on lui met son ruban!
Un temps.
HAMM: Est-ce qu'il tient debout?
CLOV: Je ne sais pas.
HAMM: Essaie. *Il rend le chien à Clov qui le pose sur le sol.* Alors?
CLOV: Attends.
Accroupi il essaie de faire tenir le chien debout, n'y arrive pas, le lâche. Le chien tombe sur le flanc.

HAMM: Alors quoi?
CLOV: Il tient.

Er zieht sein Taschentuch heraus und ohne es zu entfalten wischt er sich damit übers Gesicht. Clov kommt mit einem schwarzen Plüschhund herein, den er an einem der drei Beine festhält.

CLOV: Deine Hunde sind da.

Er gibt den Hund Hamm, der ihn auf seine Knie stellt, ihn betastet und streichelt.

HAMM: Er ist weiß, nicht wahr?

CLOV: Beinahe.

HAMM *gereizt:* Wieso beinahe? Ist er weiß oder ist er es nicht?

CLOV: Er ist es nicht.

Pause

HAMM: Du hast das Geschlecht vergessen.

CLOV *verärgert:* Er ist noch nicht fertig. Das Geschlecht kommt zuletzt dran.

Pause

HAMM: Du hast ihm sein Halsband nicht angelegt.

CLOV *wütend:* Er ist noch nicht fertig, sage ich dir! Man macht seinen Hund zuerst fertig, dann legt man ihm sein Halsband an.

Pause

HAMM: Bleibt er eigentlich stehen?

CLOV: Ich weiß nicht.

HAMM: Versuch mal. *Er reicht den Hund Clov, der ihn auf den Boden stellt.* Na?

CLOV: Warte!

Er hockt sich hin und versucht vergeblich, den Hund zum Stehen zu bringen. Er läßt ihn los. Der Hund kippt um.

HAMM: Na und?

CLOV: Er bleibt stehen.

HAMM *tâtonnant:* Où? Où est-il?

Clov remet le chien debout et le maintient.

CLOV: Là. *Il prend la main de Hamm et la guide vers la tête du chien.*

HAMM *la main sur la tête du chien:* Il me regarde?

CLOV: Oui.

HAMM *fier:* Comme s'il me demandait d'aller promener.

CLOV: Si l'on veut.

HAMM *de même:* Ou comme s'il me demandait un os. *Il retire sa main.* Laisse-le comme ça, en train de m'implorer.

Clov se redresse. Le chien retombe sur le flanc.

CLOV: Je te quitte.

HAMM: Tu as eu tes visions?

CLOV: Moins.

HAMM: Il y a de la lumière chez la Mère Pegg?

CLOV: De la lumière! Comment veux-tu qu'il y ait de la lumière chez quelqu'un?

HAMM: Alors elle s'est éteinte.

CLOV: Mais bien sûr qu'elle s'est éteinte! S'il n'y en a plus c'est qu'elle s'est éteinte.

HAMM: Non, je veux dire la Mère Pegg.

CLOV: Mais bien sûr qu'elle s'est éteinte! Qu'est-ce que tu as aujourd'hui?

HAMM: Je suis mon cours. *Un temps.* On l'a enterrée?

CLOV: Enterrée! Qui veux-tu qui l'enterre?

HAMM: Toi.

CLOV: Moi! Je n'ai pas assez à faire sans enterrer les gens?

HAMM *herumtappend:* Wo? Wo ist er?

Clov stellt den Hund auf die Beine und hält ihn fest.

CLOV: Da! *Er nimmt Hamms Hand und führt sie an den Kopf des Hundes.*

HAMM *mit der Hand auf dem Kopf des Hundes:* Schaut er mich an?

CLOV: Ja.

HAMM *stolz:* Als ob er mich bäte, spazieren zu gehen.

CLOV: Wenn man will.

HAMM *stolz:* Oder als ob er mich um einen Knochen bäte. *Er zieht seine Hand zurück.* Laß ihn so ... mich anflehen.

Clov richtet sich wieder auf. Der Hund kippt um.

CLOV: Ich verlasse dich.

HAMM: Hast du deine Erscheinungen gehabt?

CLOV: Weniger.

HAMM: Ist Licht bei Mutter Pegg?

CLOV: Licht! Wie soll bei irgend jemand Licht sein?

HAMM: Also erloschen!

CLOV: Selbstverständlich ist es erloschen! Wenn es nicht mehr da ist, ist es erloschen.

HAMM: Nein, ich meine doch Mutter Pegg.

CLOV: Selbstverständlich ist sie erloschen! Was hast du eigentlich heute?

HAMM: Ich gehe meinen Gang. *Pause.* Hat man sie beerdigt?

CLOV: Beerdigt! Wer soll sie denn beerdigen?

HAMM: Du.

CLOV: Ich! Habe ich nicht genug zu tun, ohne die Leute zu beerdigen?

HAMM: Mais moi tu m'enterreras.

CLOV: Mais non je ne t'enterrerai pas!

Un temps.

HAMM: Elle était jolie, autrefois, comme un cœur. Et pas farouche pour un liard.

CLOV: Nous aussi on était jolis – autrefois. Il est rare qu'on ne soit pas joli – autrefois.

Un temps.

HAMM: Va me chercher la gaffe.

Clov va à la porte, s'arrête.

CLOV: Fais ceci, fais cela, et je le fais. Je ne refuse jamais. Pourquoi?

HAMM: Tu ne peux pas.

CLOV: Bientôt je ne le ferai plus.

HAMM: Tu ne pourras plus. *Clov sort.* Ah les gens, les gens, il faut tout leur expliquer.

Entre Clov, la gaffe à la main.

CLOV: Voilà ta gaffe. Avale-la.

Il donne la gaffe à Hamm qui s'efforce, en prenant appui dessus, à droite, à gauche, devant lui, de déplacer le fauteuil.

HAMM: Est-ce que j'avance?

CLOV: Non.

Hamm jette la gaffe.

HAMM: Va chercher la burette.

CLOV: Pour quoi faire?

HAMM: Pour graisser les roulettes.

CLOV: Je les ai graissées hier.

HAMM: Hier! Qu'est-ce que ça veut dire. Hier!

CLOV *avec violence:* Ça veut dire il y a un foutu bout de misère. J'emploie les mots que tu m'as

HAMM: Mich wirst du aber beerdigen.
CLOV: Nein, dich werde ich nicht beerdigen.
Pause
HAMM: Sie war bildhübsch, früher, und überhaupt nicht spröde.
CLOV: Wir waren auch hübsch, früher. Man ist selten nicht hübsch gewesen, früher.
Pause
HAMM: Hol mir den Bootshaken.
Clov geht zur Tür und bleibt stehen.
CLOV: Tu dies, tu das, und ich tu's. Ich weigere mich nie. Warum?
HAMM: Du kannst es nicht.
CLOV: Bald werde ich es nicht mehr tun.
HAMM: Du wirst es nicht mehr können. *Clov geht hinaus.* Ah, die Leute, die Leute, man muß ihnen alles erklären.
Clov kommt mit dem Bootshaken herein.
CLOV: Hier ist dein Bootshaken. Friß ihn.
Er gibt den Bootshaken Hamm, der sich stakend bemüht, den Sessel nach links, nach rechts und nach hinten zu schieben.
HAMM: Komme ich voran?
CLOV: Nein.
Hamm wirft den Bootshaken weg.
HAMM: Hol das Kännchen.
CLOV: Wozu?
HAMM: Um die Röllchen zu ölen.
CLOV: Ich habe sie gestern geölt.
HAMM: Gestern! Was soll das heißen? Gestern?
CLOV *heftig:* Das soll heißen, es ist schon ein dickes Ende Elend her. Ich gebrauche die Wörter, die du

appris. S'ils ne veulent plus rien dire apprends-m'en d'autres. Ou laisse-moi me taire.

Un temps.

HAMM: J'ai connu un fou qui croyait que la fin du monde était arrivée. Il faisait de la peinture. Je l'aimais bien. J'allais le voir, à l'asile. Je le prenais par la main et le traînais devant la fenêtre. Mais regarde! Là! Tout ce blé qui lève! Et là! Regarde! Les voiles des sardiniers! Toute cette beauté! *Un temps.* Il m'arrachait sa main et retournait dans son coin. Epouvanté. Il n'avait vu que des cendres. *Un temps.* Lui seul avait été épargné. *Un temps.* Oublié. *Un temps.* Il paraît que le cas n'est ... n'était pas si ... si rare.

CLOV: Un fou? Quand cela?

HAMM: Oh c'est loin, loin. Tu n'étais pas encore de ce monde.

CLOV: La belle époque!

Un temps. Hamm soulève sa calotte.

HAMM: Je l'aimais bien. *Un temps. Il remet sa calotte. Un temps.* Il faisait de la peinture.

CLOV: Il y a tant de choses terribles.

HAMM: Non non, il n'y en a plus tellement. *Un temps.* Clov.

CLOV: Oui:

HAMM: Tu ne penses pas que ça a assez duré?

CLOV: Si! *Un temps.* Quoi?

HAMM: Ce ... cette ... chose.

CLOV: Je l'ai toujours pensé. *Un temps.* Pas toi?

mir beigebracht hast. Wenn sie nichts mehr heißen wollen, bring mir dann andere bei. Oder laß mich schweigen.

Pause

HAMM: Ich habe einen Verrückten gekannt, der glaubte, das Ende der Welt wäre gekommen. Er malte Bilder. Ich hatte ihn gern. Ich besuchte ihn manchmal in der Anstalt. Ich nahm ihn an der Hand und zog ihn ans Fenster. Sieh doch mal! Da! Die aufgehende Saat! Und da! Sieh! Die Segel der Sardinenboote. All diese Herrlichkeit! *Pause.* Er riß seine Hand los und kehrte wieder in seine Ecke zurück. Erschüttert. Er hatte nur Asche gesehen. *Pause.* Er allein war verschont geblieben. *Pause.* Vergessen. *Pause.* Anscheinend ist der Fall ... war der Fall gar keine ... keine Seltenheit.

CLOV: Ein Verrückter? Wann war das?

HAMM: Oh, es liegt weit, weit zurück. Du warst noch nicht auf der Welt.

CLOV: Die goldene Zeit!

Pause. Hamm hebt seine Kappe an.

HAMM: Ich hatte ihn gern. *Pause. Er setzt seine Kappe wieder auf. Pause.* Er malte Bilder.

CLOV: Es gibt so viele schreckliche Dinge.

HAMM: Nein, nein, es gibt gar nicht mehr so viele. *Pause.* Clov.

CLOV: Ja.

HAMM: Meinst du nicht, daß es lange genug gedauert hat?

CLOV: Doch! *Pause.* Was?

HAMM: Dies ... alles.

CLOV: Seit jeher schon. *Pause.* Du nicht?

HAMM *morne:* Alors c'est une journée comme les autres.

CLOV: Tant qu'elle dure. *Un temps.* Toute la vie les mêmes inepties.

Un temps.

HAMM: Moi je ne peux pas te quitter.

CLOV: Je sais. Et tu ne peux pas me suivre.

Un temps.

HAMM: Si tu me quittes comment le saurai-je?

CLOV *avec animation:* Et bien tu me siffles et si je n'accours pas c'est que je t'aurai quitté.

Un temps.

HAMM: Tu ne viendras pas me dire adieu?

CLOV: Oh je ne pense pas.

Un temps.

HAMM: Mais tu pourrais être seulement mort dans ta cuisine.

CLOV: Ça reviendrait au même.

HAMM: Oui, mais comment le saurais-je, si tu étais seulement mort dans ta cuisine.

CLOV: Eh bien ... je finirais bien par puer.

HAMM: Tu pues déjà. Toute la maison pue le cadavre.

CLOV: Tout l'univers.

HAMM *avec colère:* Je m'en fous de l'univers! *Un temps.* Trouve quelque chose.

CLOV: Comment?

HAMM: Un truc, trouve un truc. *Un temps. Avec colère.* Une combine!

HAMM *trübsinnig:* Es ist also ein Tag wie jeder andere.

CLOV: Solange er dauert. *Pause.* Das ganze Leben dieselben Albernheiten.

Pause

HAMM: Ich kann dich ja nicht verlassen.

CLOV: Ich weiß. Und du kannst mir nicht folgen.

Pause

HAMM: Wenn du mich verläßt, wie würde ich das merken?

CLOV *angeregt:* Dann pfeifst du eben, und wenn ich nicht gelaufen komme, habe ich dich halt verlassen!

Pause

HAMM: Wirst du nicht kommen, um mir adieu zu sagen?

CLOV: Oh, ich glaube nicht.

Pause

HAMM: Du könntest aber nur in deiner Küche gestorben sein.

CLOV: Das käme auf dasselbe raus.

HAMM: Ja, aber wie würde ich merken, daß du nur in deiner Küche gestorben wärst?

CLOV: Hm ... ich würde schließlich stinken.

HAMM: Du stinkst jetzt schon. Das ganze Haus stinkt nach Kadaver.

CLOV: Die ganze Welt.

HAMM *wütend:* Ich scheiß' was auf die Welt! *Pause.* Erfinde etwas!

CLOV: Wie bitte?

HAMM: Einen Trick, erfinde einen Trick. *Pause. Wütend.* Irgendeinen Plan!

CLOV: Ah bon. *Il commence à marcher de long en large, les yeux rivés au sol, les mains derrière le dos. Il s'arrête.* J'ai mal aux jambes, c'est pas croyable. Je ne pourrai bientôt plus penser.

HAMM: Tu ne pourras pas me quitter. *Clov repart.* Qu'est-ce que tu fais?

CLOV: Je combine. *Il marche.* Ah!

Il s'arrête.

HAMM: Quel penseur! *Un temps.* Alors?

CLOV: Attends. *Il se concentre. Pas très convaincu.* Oui ... *Un temps. Plus convaincu.* Oui. *Il relève la tête.*

Voilà. Je mets le réveil.

Un temps.

HAMM: Je ne suis peut-être pas dans un de mes bons jours, mais –

CLOV: Tu me siffles. Je ne viens pas. Le réveil sonne. Je suis loin. Il ne sonne pas. Je suis mort.

Un temps.

HAMM: Est-ce qu'il marche? *Un temps. Impatient.* Le réveil, est-ce qu'il marche?

CLOV: Pourquoi ne marcherait – il pas?

HAMM: D'avoir trop marché.

CLOV: Mais il n'a presque pas marché.

HAMM *avec colère:* Alors d'avoir trop peu marché!

CLOV: Je vais voir. *Il sort. Jeu de mouchoir. Brève sonnerie du réveil en coulisse. Entre Clov, le réveil à la main. Il l'approche de l'oreille de Hamm, déclenche la sonnerie. Ils l'écoutent son-*

CLOV: Ach so. *Er beginnt mit auf den Boden gerichtetem Blick und den Händen auf dem Rücken hin und herzugehen. Er bleibt stehen.* Meine Beine tun mir weh, es ist nicht zu glauben. Ich werde bald nicht mehr denken können.

HAMM: Du wirst mich nicht verlassen können. *Clov geht wieder.* Was machst du?

CLOV: Ich plane. *Er geht wieder.* Ah! *Er bleibt stehen.*

HAMM: Was für ein Denker! *Pause.* Na und?

CLOV: Warte mal. *Er konzentriert sich. Nicht sehr überzeugt.* Ja ... *Pause. Überzeugter.* Ja. *Er richtet den Kopf auf.* Ich hab's. Ich ziehe den Wecker auf.

Pause

HAMM: Ich habe heute vielleicht keinen guten Tag, aber –

CLOV: – Du pfeifst mir. Ich komme nicht. Der Wecker rasselt. Ich bin weg. Er rasselt nicht. Ich bin tot.

Pause

HAMM: Geht er überhaupt? *Pause. Ungeduldig.* Ob der Wecker geht?

CLOV: Warum sollte er nicht gehen?

HAMM: Weil er zuviel gegangen ist.

CLOV: Er ist doch kaum gegangen.

HAMM *wütend:* Dann, weil er zu wenig gegangen ist!

CLOV: Ich werde nachsehen. *Er geht. Spiel mit dem Taschentuch. Kurzes Rasseln des Weckers hinter den Kulissen. Clov kommt mit dem Wecker in der Hand herein. Er nähert sich Hamms Ohr*

ner jusqu'au bout. Un temps. Digne du jugement dernier! Tu as entendu?

HAMM: Vaguement.

CLOV: La fin est inouïe.

HAMM: Je préfère le milieu. *Un temps.* Ce n'est pas l'heure de mon calmant?

CLOV: Non. *Il va à la porte, se retourne.* Je te quitte.

HAMM: C'est l'heure de mon histoire. Tu veux écouter mon histoire?

CLOV: Non.

HAMM: Demande à mon père s'il veut écouter mon histoire.

Clov va aux poubelles, soulève le couvercle de celle de Nagg, regarde dedans, se penche dessus. Un temps. Il se redresse.

CLOV: Il dort.

HAMM: Réveille-le.

Clov se penche, réveille Nagg en faisant sonner le réveil. Mots confus. Clov se redresse.

CLOV: Il ne veut pas écouter ton histoire.

HAMM: Je lui donnerai un bonbon.

Clov se penche. Mots confus. Clov se redresse.

CLOV: Il veut une dragée.

HAMM: Il aura une dragée.

Clov se penche. Mots confus. Clov se redresse.

CLOV: Il marche. *Clov va vers la porte. Les mains de Nagg apparaissent, accrochées au rebord.*

und setzt das Läutewerk in Gang. Sie hören sich das Rasseln bis zum Ende an. Pause. Damit kann man Tote aufwecken! Hast du gehört?

HAMM: Von weitem.

CLOV: Das Ende ist unerhört.

HAMM: Ich mag die Mitte lieber. *Pause.* Muß ich jetzt nicht mein Beruhigungsmittel einnehmen?

CLOV: Nein. *Er geht zur Tür und dreht sich um.* Ich verlasse dich.

HAMM: Dann muß ich jetzt meine Geschichte erzählen. Willst du meine Geschichte hören?

CLOV: Nein.

HAMM: Frage meinen Vater, ob er meine Geschichte hören will.

Clov geht zu den Mülleimern, hebt den Deckel von Naggs Mülleimer hoch, schaut hinein und bückt sich darüber. Pause. Er richtet sich wieder auf.

CLOV: Er schläft.

HAMM: Weck ihn.

Clov bückt sich, weckt Nagg mit dem Wecker, spricht in den Mülleimer. Unverständliche Worte. Clov richtet sich wieder auf.

CLOV: Er will deine Geschichte nicht hören.

HAMM: Ich werde ihm einen Bonbon geben.

Clov bückt sich. Unverständliche Worte. Clov richtet sich wieder auf.

CLOV: Er will eine Praline.

HAMM: Er kriegt eine Praline.

Clov bückt sich. Unverständliche Worte. Clov richtet sich wieder auf.

CLOV: Er macht's. *Clov geht zur Tür. Nagg klammert seine Hände um den Mülleimerrand. Dann*

Puis la tête émerge. Clov ouvre la porte, se retourne.

Tu crois à la vie future?

HAMM: La mienne l'a toujours été. *Clov sort en claquant la porte.* Pan! Dans les gencives.

NAGG: J'écoute.

HAMM: Salopard! Pourquoi m'as-tu fait?

NAGG: Je ne pouvais pas savoir.

HAMM: Quoi? Qu'est-ce que tu ne pouvais pas savoir?

NAGG: Que ce serait toi. *Un temps.* Tu me donneras une dragée?

HAMM: Après l'écoute.

NAGG: Juré?

HAMM: Oui.

NAGG: Sur quoi?

HAMM: L'honneur. *Un temps. Ils rient.*

NAGG: Deux?

HAMM: Une.

NAGG: Une pour moi et une –

HAMM: Une! Silence! *Un temps.* Où en étais-je? *Un temps. Morne.* C'est cassé, nous sommes cassés. *Un temps.* Ça va casser. *Un temps.* Il n'y aura plus de voix. *Un temps.* Une goutte d'eau dans la tête, depuis les fontanelles. *Hilarité étouffée de Nagg.* Elle s'écrase toujours au même endroit. *Un temps.* C'est peut-être une petite veine. *Un temps.* Une petite artère. *Un temps. Plus animé.* Allons, c'est l'heure, où en étais-je? *Un temps. Ton de narrateur.* L'homme s'approcha lentement, en se traînant sur le ventre.

taucht der Kopf auf. Clov öffnet die Tür und dreht sich um. Glaubst du an das zukünftige Leben?

HAMM: Meines ist es immer gewesen. *Clov geht und schlägt die Tür hinter sich zu.* Peng! Das saß!

NAGG: Ich höre zu.

HAMM: Du Schweinehund! Warum hast du mich gemacht?

NAGG: Ich konnte nicht wissen ...

HAMM: Was? Was konntest du nicht wissen?

NAGG: Daß du es würdest. *Pause.* Gibst du mir eine Praline?

HAMM: Nach dem Zuhören.

NAGG: Schwörst du es?

HAMM: Ich schwöre.

NAGG: Worauf?

HAMM: Die Ehre. *Pause. Sie lachen.*

NAGG: Zwei?

HAMM: Eine.

NAGG: Eine für mich und eine ...

HAMM: Eine! Still jetzt! *Pause.* Wo war ich stehengeblieben? *Pause. Trübsinnig.* Es ist aus, mit uns ist es aus. *Pause.* Bald aus. *Pause.* Es wird keine Stimme mehr geben. *Pause.* Es tropft, es tropft in meinem Kopf, seit der Zeit der Fontanellen. *Unterdrückte Heiterkeit Naggs.* Es klatscht immer auf dieselbe Stelle. *Pause.* Es ist vielleicht ein Äderchen. *Pause.* Ein Schlagäderchen. *Pause. Lebhafter.* Also los, es ist an der Zeit, wo war ich stehengeblieben? *Pause. Erzählerton.* Der Mann näherte sich langsam

D'une pâleur et d'une maigreur admirables il paraissait sur le point de – *Un temps. Ton normal.* Non, ça je l'ai fait. *Un temps. Ton de narrateur.* Un long silence se fit entendre. *Ton normal.* Joli ça. *Ton de narrateur.* Je bourrai tranquillement ma pipe – en magnésite, l'allumai avec une . . . mettons une suédoise, en tirai quelques bouffées. Aah! *Un temps.* Allons, je vous écoute. *Un temps.* Il faisait ce jour-là, je m'en souviens, un froid extraordinairement vif, zéro au thermomètre. Mais comme nous étions la veille de Noël cela n'avait rien de . . . d'extraordinaire. Un temps de saison, comme cela vous arrive. *Un temps.* Allons, quel sale vent vous amène? Il leva vers moi son visage tout noir de saleté et de larmes mêlées. *Un temps. Ton normal.* Ça va aller. *Ton de narrateur.* Non, non, ne me regardez pas, ne me regardez pas! Il baissa les yeux, en marmottant, des excuses sans doute. *Un temps.* Je suis assez occupé, vous savez, les préparatifs de fête. *Un temps. Avec force.* Mais quel est donc l'objet de cette invasion? *Un temps.* Il faisait ce jour-là, je me rappelle, un soleil vraiment splendide, cinquante à l'héliomètre, mais il plongeait déjà, dans la . . . chez les morts. *Ton normal.* Joli ça. *Ton de narrateur.* Allons, allons, présentez votre supplique, mille soins m'appellent. *Ton normal.* Ça c'est du français! Enfin. *Ton de narrateur.* Ce fut alors qu'il prit sa résolution. C'est mon enfant, dit-il. Aïeaïeaïe, un enfant, voilà qui est fââcheux. Mon petit, dit-il, comme si le sexe avait de l'importance. D'où

auf dem Bauche kriechend. Er war wunderbar blaß und mager und schien drauf und dran zu sein ... *Pause. Normaler Ton.* Nein, das hatte ich schon. *Pause. Erzählerton.* Es breitete sich eine große Stille aus. *Normaler Ton.* Schöne Stelle. *Erzählerton.* Ich stopfte in aller Ruhe meine Pfeife ... die aus Meerschaum, steckte sie mit einem ... sagen wir Schwefelholz an und machte einige Züge. Aah! *Pause.* Also los, reden Sie. *Pause.* An jenem Tage, daran erinnere ich mich, herrschte eine außergewöhnlich bittere Kälte, null auf dem Thermometer. Aber an einem Heiligen Abend wie damals, war das nichts ... nichts Außergewöhnliches. Ein der Jahreszeit entsprechendes Wetter, wie es zuweilen vorkommt. *Pause.* Na, welcher schlimme Wind führt Sie hierher? Er hob sein von Schmutz und Tränen schwarzverklebtes Gesicht zu mir auf. *Pause. Normaler Ton.* So wird's gehen. *Erzählerton.* Nein, nein, schauen Sie mich nicht an, schauen Sie mich nicht an! Er schlug die Augen nieder, indem er murmelte, wahrscheinlich Entschuldigungen. *Pause.* Ich bin ziemlich beschäftigt, Sie wissen doch, was das heißt, die Vorbereitungen zum Fest. *Pause. Laut.* Was ist das für eine Aufdringlichkeit? *Pause.* An jenem Tage, nun fällt es mir wieder ein, schien eine ganz herrliche Sonne, fünfzig auf dem Heliometer, aber sie versank schon im ... bei den Toten. *Normaler Ton.* Schöne Stelle. *Erzählerton.* Nur zu, nur zu, tragen Sie Ihr Anliegen vor, ich habe noch unheimlich viel zu tun. *Normaler*

sortait-il? Il me nomma le trou. Une bonne demi-journée, à cheval. N'allez pas me raconter qu'il y a encore de la population là-bas. Tout de même! Non, non, personne, sauf lui, et l'enfant – en supposant qu'il existât. Bon bon. Je m'enquis de la situation à Kov, de l'autre côté du détroit. Plus un chat. Bon bon. Et vous voulez me faire croire que vous avez laissé votre enfant là-bas, tout seul, et vivant par-dessus le marché? Allons! *Un temps.* Il faisait ce jour-là, je m'en souviens, un vent cinglant, cent à l'anémomètre. Il arrachait les pins morts et les emportait . . . au loin. *Ton normal.* Un peu faible ça. *Ton de narrateur.* Allons, allons, qu'est-ce que vous me voulez à la fin, je dois allumer mon sapin. *Un temps.* Enfin bref je finis par comprendre qu'il me voulait du pain pour son enfant. Du pain! Un gueux, comme d'habitude. Du pain? Mais je n'ai pas de pain, je ne le digère pas. Bon. Alors du blé? *Un temps. Ton normal.* Ça va aller. *Ton de narrateur.* Du blé, j'en ai, il est vrai, dans mes greniers. Mais réfléchissez, réfléchissez. Je vous donne du blé, un kilo, un kilo et demi, vous le rapportez à votre enfant et vous lui en faites – s'il vit encore – une bonne bouillie, *Nagg réagit,* une bonne bouillie et demie, bien nourrissante. Bon. Il reprend ses couleurs – peut-êre. Et puis? *Un temps.* Je me fââchai. Mais réfléchissez, réfléchissez, vous êtes sur terre, c'est sans remède! *Un temps.* Il faisait ce jour-là, je me rappelle, un temps excessivement sec, zéro à l'hygromètre. Le rêve, pour mes rhumatismes. *Un temps. Avec emportement.*

Ton. Ja, das ist gutes Deutsch! Na ja. *Erzählerton.* In dem Moment faßte er seinen Entschluß. Es ist mein Kind, sagte er. Oh je, oh je, ein Kind, das ist aber ärgerlich. Mein Kleiner, sagte er, als ob das Geschlecht wichtig wäre. Wo kam er her? Er nannte mir das Nest. Gut einen halben Tag entfernt, zu Roß. Erzählen Sie bloß nicht, daß es da unten noch eine Bevölkerung gibt. Das fehlte noch! Nein, nein, niemand, außer ihm und dem Kind, wenn es überhaupt existierte. Gut, gut. Ich erkundigte mich nach der Lage in Kov, jenseits der Bucht. Kein Schwanz! Gut, gut. Und Sie wollen mir weismachen, daß Sie ihr Kind dort gelassen hätten, ganz allein und sogar lebend? Hören Sie doch auf. *Pause.* An jenem Tage, daran erinnere ich mich, wütete ein peitschender Wind, hundert auf dem Anemometer. Er riß die morschen Fichten aus und wehte sie ... weit weg. *Normaler Ton.* Schwache Stelle. *Erzählerton.* Los, los, was wollen Sie eigentlich, ich muß meinen Tannenbaum schmücken. *Pause* Kurzum, schließlich begriff ich, daß er Brot wollte, für sein Kind. Brot! Ein Bettler, wie gewöhnlich. Brot? Ich habe doch kein Brot, ich verdaue es nicht. Gut. Also Getreide! *Pause. Normaler Ton.* So wird's gehen. *Erzählerton.* Getreide habe ich, das stimmt, in meinen Speichern. Aber überlegen Sie doch, überlegen Sie. Ich gebe Ihnen Getreide, ein Kilo, anderthalb Kilo, Sie bringen es Ihrem Kinde und Sie bereiten ihm daraus – wenn es noch lebt – einen vollen Napf Brei *Nagg reagiert,* anderthalb Näpfe nahrhaften Brei's.

Mais enfin quel est votre espoir? Que la terre renaisse au printemps? Que la mer et les rivières redeviennent poissonneuses? Qu'il y ait encore de la manne au ciel pour des imbéciles comme vous? *Un temps.* Peu à peu je m'apaisai, enfin suffisamment pour lui demander combien de temps il avait mis pour venir. Trois jours pleins. Dans quel état il avait laissé l'enfant. Plongé dans le sommeil. *Avec force.* Mais dans quel sommeil, dans quel sommeil déjà? *Un temps.* Enfin bref je lui proposai d'entrer à mon service. Il m'avait remué. Et puis je m'imaginais déjà n'en avoir plus pour longtemps. *Il rit. Un temps.* Alors? *Un temps.* Alors? *Un temps.* Ici en faisant attention vous pourriez mourir de votre belle mort, les pieds au sec. *Un temps.* Alors? *Un temps.* Il finit par me demander si je consentirais à recueillir l'enfant aussi – s'il vivait encore. *Un temps.* C'était l'instant que j'attendais. *Un temps.* Si je consentirais à recueillir l'enfant. *Un temps.* Je le revois, à genoux, les mains appuyées au sol, me fixant de ses yeux déments, malgré ce que je venais de lui signifier à ce propos. *Un temps. Ton normal.* Suffit pour aujourd'hui. *Un temps.* Je n'en ai plus pour longtemps avec cette histoire. *Un temps.* A moins d'introduire d'autres personnages. *Un temps.* Mais où les trouver? *Un temps.* Où les chercher? *Un temps. Il siffle. Entre Clov.* Prions Dieu.

Gut. Es bekommt wieder Farbe – vielleicht. Und dann? *Pause.* Ich ärgerte mich. Aber überlegen Sie doch, überlegen Sie, Sie sind auf der Erde, dagegen gibt es kein Mittel! *Pause.* An jenem Tage, nun fällt es mir wieder ein, war ein äußerst trockenes Wetter, null auf dem Hygrometer. Ideal für meinen Rheumatismus. *Pause. Aufbrausend.* Was erhoffen Sie eigentlich? Daß die Erde im Frühling wieder erwacht? Daß Meer und Flüsse wieder fischreich werden? Daß es noch Manna im Himmel gebe, für Idioten wie Sie? *Pause.* Nach und nach beruhigte ich mich, jedenfalls genug, um ihn zu fragen, wieviel Zeit er zum Kommen gebraucht hätte. Drei volle Tage. In welchem Zustand er sein Kind hinterlassen hätte. In Schlaf versunken. *Heftig.* Aber in welchen Schlaf schon, in welchen Schlaf? *Pause.* Kurzum, schließlich schlug ich ihm vor, in meine Dienste zu treten. Er hatte mich gerührt. Und ich bildete mir auch schon ein, nicht mehr lange mitzumachen. *Er lacht. Pause.* Na? *Pause* Na? *Pause.* Hier könnten Sie bei einigem Geschick eines schönen Todes sterben, mit den Füßen auf dem Trockenen. *Pause.* Na? *Pause.* Er fragte mich schließlich, ob ich bereit wäre, auch das Kind aufzunehmen, wenn es noch lebte. *Pause.* Das war der Augenblick, auf den ich wartete. *Pause* Ob ich bereit wäre, das Kind aufzunehmen. *Pause.* Ich sehe ihn wieder, auf den Knien, die Hände auf den Boden gestützt, mich mit seinem irren Blick anstarren, trotz allem, was ich ihm diesbezüglich ausdrücklich zu verstehen gegeben

NAGG: Ma dragée!

CLOV: Il y a un rat dans la cuisine.

HAMM: Un rat! Il y a encore des rats?

CLOV: Dans la cuisine il y en a un.

HAMM: Et tu ne l'as pas exterminé?

CLOV: A moitié. Tu nous as dérangés.

HAMM: Il ne peut pas se sauver?

CLOV: Non.

HAMM: Tu l'achèveras tout à l'heure. Prions Dieu.

CLOV: Encore?

NAGG: Ma dragée!

HAMM: Dieu d'abord! *Un temps.* Vous y êtes?

CLOV *résigné:* Allons-y.

HAMM *à Nagg:* Et toi?

NAGG *joignant les mains, fermant les yeux, débit précipité:* Notre Père qui êtes aux . . .

HAMM: Silence! En silence! Un peu de tenue! Allons-y. *Attitudes de prière. Silence. Se décourageant le premier.* Alors?

CLOV *rouvrant les yeux:* Je t'en fous! Et toi?

HAMM: Bernique! *A Nagg.* Et toi?

NAGG: Attends. *Un temps. Rouvrant les yeux.* Macache!

hatte. *Pause. Normaler Ton.* Genug für heute. *Pause.* Sie reicht nicht mehr lange, diese Geschichte. *Pause.* Es sei denn, ich führte andere Personen ein. *Pause.* Wo soll ich sie aber finden? *Pause.* Wo soll ich sie suchen? *Pause. Er pfeift. Clov kommt herein.* Lasset uns zu Gott beten!

NAGG: Meine Praline.

CLOV: Es ist eine Ratte in der Küche.

HAMM: Eine Ratte! Gibt es noch Ratten?

CLOV: In der Küche ist eine.

HAMM: Und du hast sie nicht ausgerottet?

CLOV: Halb. Du hast uns gestört.

HAMM: Sie kann sich nicht retten?

CLOV: Nein.

HAMM: Du wirst sie nachher erledigen. Lasset uns zu Gott beten.

CLOV: Schon wieder?

NAGG: Meine Praline!

HAMM: Erst zu Gott beten! *Pause.* Seid ihr soweit?

CLOV *resigniert:* Meinetwegen.

HAMM *zu Nagg:* Und du?

NAGG *die Hände faltend und die Augen schließend, sehr schnell sprechend:* Vater unser, der Du bist im ...

HAMM: Still! Still für sich! Etwas Haltung! Also los. *Gebetshaltungen. Stille. Hamm ist der erste Entmutigte.* Na?

CLOV *die Augen wieder öffnend:* Kein Gedanke! Und du?

HAMM: Kein Funke! *Zu Nagg.* Und du?

NAGG: Moment! *Pause. Die Augen wieder öffnend.* Keine Spur.

HAMM: Le salaud! Il n'existe pas!

CLOV: Pas encore.

NAGG: Ma dragée!

HAMM: Il n'y a plus de dragées. Tu n'auras jamais plus de dragées. *Un temps.*

NAGG: C'est normal. Après tout je suis ton père. Il est vrai que si ce n'avait pas été moi ç'aurait été un autre. Mais ce n'est pas une excuse. *Un temps.* Le rahat-loukoum, par exemple, qui n'existe plus, nous le savons bien, je l'aime plus que tout au monde. Et un jour je t'en demanderai, en contre-partie d'une complaisance, et tu m'en promettras. Il faut vivre avec son temps. *Un temps.* Qui appelais-tu, quand tu étais tout petit et avais peur, dans la nuit? Ta mère? Non. Moi. On te laissait crier. Puis on t'éloignait, pour pouvoir dormir. *Un temps.* Je dormais, j'étais comme un roi, et tu m'as fait réveiller pour que je t'écoute. Ce n'était pas indispensable, tu n'avais pas vraiment besoin que je t'écoute. D'ailleurs je ne t'ai pas écouté. *Un temps.* J'espère que le jour viendra où tu auras vraiment besoin que je t'écoute, et besoin d'entendre ma voix, une voix. *Un temps.* Oui, j'espère que je vivrai jusque-là, pour t'entendre m'appeler comme lorsque tu étais tout petit, et avais peur, dans la nuit, et que j'étais ton seul espoir. *Un temps. Nagg frappe sur le couvercle de la poubelle de Nell. Un temps.* Nell! *Un temps. Il frappe plus fort.* Nell!

HAMM: Der Lump! Er existiert nicht!

CLOV: Noch nicht.

NAGG: Meine Praline!

HAMM: Es gibt keine Pralinen mehr. Du wirst nie wieder eine Praline bekommen. *Pause*

NAGG: Es ist ja normal. Ich bin schließlich dein Vater. Wäre ich es nicht, so wäre es freilich ein anderer gewesen. Aber das ist keine Entschuldigung. *Pause.* Den türkischen Honig zum Beispiel, den es, wie wir wissen, nicht mehr gibt, mag ich lieber als alles auf der Welt. Und eines Tages werde ich dich darum bitten, als Gegenleistung für eine Gefälligkeit, und du wirst ihn mir versprechen. Man muß mit seiner Zeit leben. *Pause.* Wen riefst du, als du noch klein warst und Angst hattest, in der Nacht? Deine Mutter? Nein. Mich. Wir ließen dich schreien. Dann stellten wir dich weit weg, um schlafen zu können. *Pause.* Ich schlief soeben, ich fühlte mich wie ein Prinz, und du hast mich wecken lassen, damit ich dir zuhörte. Es war nicht unumgänglich, du hattest nicht unbedingt nötig, daß ich dir zuhörte. Übrigens habe ich dir nicht zugehört. *Pause.* Ich hoffe, daß der Tag kommt, an dem du unbedingt nötig hast, daß ich dir zuhöre, und nötig hast, meine Stimme zu hören, irgendeine Stimme. *Pause.* Ja, ich hoffe, so lange zu leben, daß ich dich mich rufen höre, wie einst, als du noch klein warst und Angst hattest, in der Nacht, und als ich deine einzige Hoffnung war. *Pause. Nagg klopft an den Deckel von Nells Mülleimer. Pause.* Nell! *Pause. Er klopft heftiger.* Nell!

Un temps. Nagg rentre dans sa poubelle, rabat le couvercle. Un temps.

HAMM: Finie la rigolade. *Il cherche en tâtonnant le chien.* Le chien est parti.

CLOV: Ce n'est pas un vrai chien, il ne peut pas partir.

HAMM *tâtonnant:* Il n'est pas là.

CLOV: Il s'est couché.

HAMM: Donne-le. *Clov ramasse le chien et le donne à Hamm. Hamm le tient dans ses bras. Un temps. Hamm jette le chien.* Sale bête! *Clov commence à ramasser les objets par terre.* Qu'est-ce que tu fais?

CLOV: De l'ordre. *Il se redresse. Avec élan.* Je vais tout débarrasser!

Il se remet à ramasser.

HAMM: De l'ordre!

CLOV *se redressant:* J'aime l'ordre. C'est mon rêve. Un monde où tout serait silencieux et immobile et chaque chose à sa place dernière, sous la dernière poussière.

Il se remet à ramasser.

HAMM *exaspéré:* Mais qu'est-ce que tu fabriques?

CLOV *se redressant, doucement:* J'essaie de fabriquer un peu d'ordre.

HAMM: Laisse tomber.

Clov laisse tomber les objets qu'il vient de ramasser.

CLOV: Après tout, là ou ailleurs.

Il va vers la porte.

HAMM *agacé:* Qu'est-ce qu'ils ont, tes pieds?

CLOV: Mes pieds?

Pause. Nagg zieht sich in seinen Mülleimer zurück und klappt den Deckel zu. Pause.

HAMM: Das Fest ist jetzt zu Ende. *Er sucht tastend nach dem Hund.* Der Hund ist weg.

CLOV: Es ist kein echter Hund, er kann nicht weg.

HAMM *tastend:* Er ist nicht da.

CLOV: Er hat sich hingelegt.

HAMM: Gib ihn her. *Clov hebt den Hund auf und gibt ihn Hamm. Hamm hält ihn in seinen Armen. Pause. Hamm wirft den Hund weg.* Mistvieh! *Clov beginnt, die Dinge vom Boden aufzuheben.* Was machst du da?

CLOV *beim Aufheben:* Ordnung. *Er richtet sich auf. Schwungvoll.* Ich räume alles weg!

Er räumt weiter auf.

HAMM: Ordnung!

CLOV *sich wieder aufrichtend:* Ich liebe die Ordnung. Sie ist mein Traum. Eine Welt, in der alles still und starr wäre und jedes Ding seinen letzten Platz hätte, unterm letzten Staub.

Er räumt weiter auf.

HAMM *erbittert:* Was schaffst du eigentlich?

CLOV *richtet sich auf, leise:* Ich versuche, etwas Ordnung zu schaffen.

HAMM: Laß das!

Clov läßt die Dinge, die er aufgehoben hat, fallen.

CLOV: Warum auch nicht, da oder woanders.

Er geht zur Tür.

HAMM *gereizt:* Was ist denn mit deinen Füßen los?

CLOV: Mit meinen Füßen?

HAMM: On dirait un régiment de dragons.
CLOV: J'ai dû mettre mes brodequins.

HAMM: Tes babouches te faisaient mal?
Un temps.
CLOV: Je te quitte.
HAMM: Non!
CLOV: A quoi est-ce que je sers?
HAMM: A me donner la réplique. *Un temps.* J'ai avancé mon histoire. *Un temps.* Je l'ai bien avancée. *Un temps.* Demande-moi où j'en suis.

CLOV: Oh, à propos, ton histoire?
HAMM *très surpris:* Quelle histoire?
CLOV: Celle que tu te racontes depuis toujours.
HAMM: Ah tu veux dire mon roman?
CLOV: Voilà.
Un temps.
HAMM *avec colère:* Mais pousse plus loin, bon sang, pousse plus loin!
CLOV: Tu l'as bien avancée, j'espère.
HAMM *modeste:* Oh pas de beaucoup, pas de beaucoup. *Il soupire.* Il y a des jours comme ça, on n'est pas en verve. *Un temps.* Il faut attendre que ça vienne. *Un temps.* Jamais forcer, jamais forcer, c'est fatal. *Un temps.* Je l'ai néanmoins avancée un peu. *Un temps.* Lorsqu'on a du métier, n'est-ce pas? *Un temps. Avec force.* Je dis que je l'ai néanmoins avancée un peu.

CLOV *admiratif:* Ça alors! Tu as quand même pu l'avancer!

HAMM: Es hört sich an wie ein Dragonerregiment.
CLOV: Ich habe meine Schnürstiefel anziehen müssen.
HAMM: Deine Schlappen taten dir weh?
Pause
CLOV: Ich verlasse dich.
HAMM: Nein.
CLOV: Wozu diene ich denn?
HAMM: Mir die Replik zu geben. *Pause.* Ich bin mit meiner Geschichte vorangekommen. *Pause.* Ich bin gut vorangekommen. *Pause.* Frag mich, wie weit ich damit bin.
CLOV: Oh, ehe ich's vergesse, deine Geschichte?
HAMM *sehr überrascht:* Welche Geschichte?
CLOV: Die du dir seit jeher erzählst.
HAMM: Ah, du meinst meinen Roman?
CLOV: Eben.
Pause
HAMM *wütend:* Bohr doch weiter, Menschenskind, bohr doch weiter!
CLOV: Du bist gut vorangekommen, hoffe ich.
HAMM *bescheiden:* Oh, nicht viel, nicht viel. *Er seufzt.* Es gibt solche Tage, an denen man nicht in Form ist. *Pause.* Man muß warten, bis es kommt. *Pause* Nur nichts zwingen, nur nichts zwingen, das ist verhängnisvoll. *Pause.* Ich bin nichtsdestoweniger ein wenig vorangekommen. *Pause.* Gelernt ist gelernt, nicht wahr? *Pause. Nachdrücklich.* Ich sagte, daß ich nichtsdestoweniger ein wenig vorangekommen bin.
CLOV *bewundernd:* Na so was! Du bist trotz allem ein wenig vorangekommen!

HAMM *modeste:* Oh tu sais, pas de beaucoup, pas de beaucoup, mais tout de même, mieux que rien.
CLOV: Mieux que rien! Ça alors tu m'épates.

HAMM: Je vais te raconter. Il vient à plat ventre –

CLOV: Qui ça?
HAMM: Comment?
CLOV: Qui, il?
HAMM: Mais voyons! Encore un.
CLOV: Ah celui-là! Je n'étais pas sûr.
HAMM: A plat ventre pleurer du pain pour son petit. On lui offre une place de jardinier. Avant d'a . . . *Clov rit.* Qu'est-ce qu'il y a là de si drôle?

CLOV: Une place de jardinier!
HAMM: C'est ça qui te fait rire?
CLOV: Ça doit être ça.
HAMM: Ce ne serait pas plutôt le pain?
CLOV: Ou le petit.
Un temps.
HAMM: Tout cela est plaisant en effet. Veux-tu que nous pouffions un bon coup ensemble?
CLOV *ayant réfléchi:* Je ne pourrais plus pouffer aujourd'hui.
HAMM *ayant réfléchi:* Moi non plus. *Un temps.* Alors je continue. Avant d'accepter avec gratitude il demande s'il peut avoir son petit avec lui.

CLOV: Quel âge?
HAMM: Oh tout petit.
CLOV: Il aurait grimpé aux arbres.

HAMM *bescheiden:* Oh, weißt du, nicht viel, nicht viel, aber immerhin ... besser als nichts.

CLOV: Besser als nichts! Jetzt muß ich mich aber wundern!

HAMM: Ich werde es dir erzählen. Er kommt auf dem Bauche kriechend ...

CLOV: Wer?

HAMM: Was?

CLOV: Wer, er?

HAMM: Tu doch nicht so dumm! Noch einer.

CLOV: Ach so, der! Ich war nicht sicher!

HAMM: Auf dem Bauche kriechend, um Brot für seinen Kleinen zu flennen. Man bietet ihm eine Gärtnerstelle an. Ehe er ... *Clov lacht.* Was gibt es denn da zu lachen?

CLOV: Eine Gärtnerstelle!

HAMM: Darüber mußt du so lachen?

CLOV: Das muß es wohl sein.

HAMM: Wäre es nicht eher das Brot?

CLOV: Oder der Kleine?

Pause

HAMM: Das ist alles drollig, in der Tat. Sollen wir uns mal totlachen?

CLOV *nachdem er überlegt hat:* Ich könnte mich heute nicht mehr totlachen.

HAMM *nachdem er überlegt hat:* Ich auch nicht. *Pause.* Ich erzähle also weiter. Ehe er die Stelle dankbar annimmt, fragt er, ob er seinen Kleinen bei sich behalten dürfe.

CLOV: Wie alt?

HAMM: Oh, ganz klein.

CLOV: Er wäre auf die Bäume geklettert.

HAMM: Tous les petits travaux.
CLOV: Et puis il aurait grandi.
HAMM: Probablement.
Un temps.
CLOV: Mais pousse plus loin, bon sang, pousse plus loin!
HAMM: C'est tout, je me suis arrêté lâ.
Un temps.
CLOV: Tu vois la suite?
HAMM: A peu près.
CLOV: Ce n'est pas bientôt la fin?
HAMM: J'en ai peur.
CLOV: Bah tu en feras une autre.
HAMM: Je ne sais pas. *Un temps.* Je me sens un peu vidé. *Un temps.* L'effort créateur prolongé. *Un temps.* Si je pouvais me traîner jusqu'à la mer! Je me ferais un oreiller de sable et la marée viendrait.
CLOV: Il n'y a plus de marée.
Un temps.
HAMM: Va voir si elle est morte.
Clov va à la poubelle de Nell, soulève le couvercle, se penche. Un temps.
CLOV: On dirait que oui.
Il rabat le couvercle, se redresse, Hamm soulève sa calotte. Un temps. Il la remet.

HAMM *sans lâcher sa calotte:* Et Nagg?
Clov soulève le couvercle de la poubelle de Nagg, se penche. Un temps.

CLOV: On dirait que non.

HAMM: Alle kleinen Arbeiten.
CLOV: Und dann wäre er gewachsen.
HAMM: Vermutlich.
Pause
CLOV: Bohr doch weiter, Menschenskind, bohr doch weiter!
HAMM: Das ist alles. Ich habe da aufgehört.
Pause
CLOV: Weißt du schon, wie sie weitergeht?
HAMM: Ungefähr.
CLOV: Ist sie nicht bald zu Ende?
HAMM: Ich fürchte ja.
CLOV: Och, dann machst du eben eine andere.
HAMM: Ich weiß nicht. *Pause.* Ich fühle mich etwas erschöpft. *Pause.* Die fortgesetzte schöpferische Bemühung. *Pause.* Wenn ich mich bis ans Meer schleppen könnte! Ich würde mir ein Kopfkissen aus Sand machen, und die Flut würde kommen.
CLOV: Es gibt keine Flut mehr.
Pause
HAMM: Schau nach, ob sie tot ist.
Clov geht zu Nells Mülleimer, hebt den Deckel an und bückt sich. Pause.
CLOV: Es hat den Anschein.
Er klappt den Deckel zu und richtet sich wieder auf. Hamm hebt seine Kappe an. Pause. Er setzt sie wieder auf.
HAMM *ohne seine Kappe loszulassen:* Und Nagg?
Clov hebt den Deckel von Naggs Mülleimer an und bückt sich.
Pause
CLOV: Es hat nicht den Anschein.

Il rabat le couvercle, se redresse.

HAMM *lâchant sa calotte:* Qu'est-ce qu'il fait?
Clov soulève le couvercle de la poubelle de Nagg, se penche. Un temps.
CLOV: Il pleure.
Clov rabat le couvercle, se redresse.
HAMM: Donc il vit. *Un temps.* As-tu jamais eu un instant de bonheur?
CLOV: Pas à ma connaissance.
Un temps.
HAMM: Amène-moi sous la fenêtre. *Clov va vers le fauteuil.* Je veux sentir la lumière sur mon visage. *Clov fait avancer le fauteuil.* Tu te rappelles, au début, quand tu me faisais faire ma promenade, comme tu t'y prenais mal? Tu appuyais trop haut. A chaque pas tu manquais de me verser! *Chevrotant.* Héhé, on s'est bien amusés tous les deux, bien amusés! *Morne.* Puis on a pris l'habitude. *Clov arrête le fauteuil face à la fenêtre à droite.* Déjà? *Un temps. Il renverse la tête. Un temps.* Il fait jour?

CLOV: Il ne fait pas nuit.
HAMM *avec colère:* Je te demande s'il fait jour!
CLOV: Oui.
Un temps.
HAMM: Le rideau n'est pas fermé?
CLOV: Non.
Un temps.
HAMM: Quelle fenêtre c'est?
CLOV: La terre.

Er klappt den Deckel zu und richtet sich wieder auf.

HAMM *seine Kappe loslassend:* Was macht er?

Clov hebt den Deckel von Naggs Mülleimer an und bückt sich. Pause

CLOV: Er weint.

Clov klappt den Deckel zu und richtet sich auf.

HAMM: Also lebt er. *Pause.* Hast du jemals einen glücklichen Moment gehabt?

CLOV: Nicht daß ich wüßte.

Pause

HAMM: Fahre mich unters Fenster. *Clov geht zum Sessel.* Ich will das Licht auf meinem Gesicht spüren. *Clov schiebt den Sessel.* Weißt du noch, am Anfang, wenn du mich spazieren fuhrst, wie dumm du dich dabei anstelltest? Du drücktest zu weit oben. Bei jedem Schritt kipptest du mich beinahe um! *Mit zitternder Stimme.* Hehe! Wir haben viel Spaß gehabt, wir zwei, viel Spaß! *Trübsinnig.* Dann haben wir uns daran gewöhnt. *Clov hält den Sessel gegenüber dem rechten Fenster an.* Schon da? *Pause. Er wirft den Kopf in den Nacken. Pause.* Ist es Tag?

CLOV: Es ist nicht Nacht.

HAMM *wütend:* Ich frage dich, ob es Tag ist?

CLOV: Ja.

Pause

HAMM: Der Vorhang ist nicht zugezogen?

CLOV: Nein.

Pause

HAMM: Welches Fenster ist es?

CLOV: Die Erde.

HAMM: Je le savais! *Avec colère.* Mais il n'y a pas de lumière par là! L' autre! *Clov pousse le fauteuil vers l'autre fenêtre.* La terre! *Clov arrête le fauteuil sous l'autre fenêtre. Hamm renverse la tête.* Ça c'est de la lumière! *Un temps.* On dirait un rayon de soleil.
Un temps. Non?
CLOV: Non.
HAMM: Ce n'est pas un rayon de soleil que je sens sur mon visage?
CLOV: Non.
Un temps.
HAMM: Je suis très blanc? *Un temps. Avec violence.* Je te demande si je suis très blanc!
CLOV: Pas plus que d'habitude.
Un temps.
HAMM: Ouvre la fenêtre.
CLOV: Pour quoi faire?
HAMM: Je veux entendre la mer.
CLOV: Tu ne l'entendrais pas.
HAMM: Même si tu ouvrais la fenêtre?
CLOV: Non.
HAMM: Alors ce n'est pas la peine de l'ouvrir?
CLOV: Non.
HAMM *avec violence:* Alors ouvre-là! *Clov monte sur l'escabeau, ouvre la fenêtre. Un temps.* Tu l'as ouverte?
CLOV: Oui.
Un temps.
HAMM: Tu me jures que tu l'as ouverte?
CLOV: Oui.
Un temps.

HAMM: Das wußte ich! *Wütend.* Von da kommt doch kein Licht! Das andere! *Clov schiebt den Sessel unter das andere Fenster.* Die Erde! *Clov hält den Sessel unter dem anderen Fenster an. Hamm legt seinen Kopf in den Nacken.* Das nenne ich Licht! *Pause.* Man möchte meinen ein Sonnenstrahl. *Pause.* Nein?

CLOV: Nein.

HAMM: Ist das, was ich auf meinem Gesicht spüre, kein Sonnenstrahl?

CLOV: Nein.

Pause

HAMM: Bin ich sehr weiß? *Pause. Heftig.* Ich frage dich, ob ich sehr weiß bin!

CLOV: Nicht mehr als gewöhnlich.

Pause

HAMM: Öffne das Fenster.

CLOV: Wozu?

HAMM: Ich will das Meer hören.

CLOV: Du würdest es nicht hören.

HAMM: Selbst nicht, wenn du das Fenster öffnest?

CLOV: Nein.

HAMM: Es lohnt sich also nicht, es zu öffnen?

CLOV: Nein.

HAMM *heftig:* Also öffne es! *Clov steigt auf die Leiter und öffnet das Fenster. Pause.* Hast du es geöffnet?

CLOV: Ja.

Pause

HAMM: Du schwörst mir, daß du es geöffnet hast?

CLOV: Ja.

Pause

HAMM: Eh bien ... *Un temps.* Elle doit être très calme. *Un temps. Avec violence.* Je te demande si elle est très calme!

CLOV: Oui.

HAMM: C'est parce qu'il n'y a plus de navigateurs. *Un temps.* Tu n'as plus beaucoup de conversation tout à coup. *Un temps.* Ça ne va pas?

CLOV: J'ai froid.

HAMM: On est quel mois? *Un temps.* Ferme la fenêtre, on rentre. *Clov ferme la fenêtre, descend de l'escabeau, ramène le fauteuil à sa place, reste derrière le fauteuil, tête baissée.* Ne reste pas là, tu me fais peur. *Clov retourne à sa place à côté du fauteuil.* Père! *Un temps. Plus fort.* Père! *Un temps.* Va voir s'il a entendu.

Clov va à la poubelle de Nagg, soulève le couvercle, se penche dessus. Mots confus. Clov se redresse.

CLOV: Oui.

HAMM: Les deux fois?

Clov se penche. Mots confus. Clov se redresse.

CLOV: Une seule.

HAMM: La première ou la seconde?

Clov se penche. Mots confus. Clov se redresse.

CLOV: Il ne sait pas.

HAMM: Ça doit être la seconde.

CLOV: On ne peut pas savoir.

Clov rabat le couvercle.

HAMM: So, so ... *Pause.* Es muß sehr ruhig sein. *Pause. Heftig.* Ich frage dich, ob es sehr ruhig ist!

CLOV: Ja.

HAMM: Es gibt eben keine Schiffer mehr. *Pause.* Du bist plötzlich so mundfaul geworden. *Pause.* Ist dir nicht gut?

CLOV: Mir ist kalt.

HAMM: Welchen Monat haben wir? *Pause.* Schließe das Fenster. Wir kehren wieder zurück. *Clov schließt das Fenster, steigt von der Leiter, schiebt den Sessel wieder an seinen Platz, bleibt hinterm Sessel stehen, er läßt den Kopf hängen.* Bleib nicht da stehen, du machst mir angst. *Clov kehrt an seinen Platz neben dem Sessel zurück.* Vater! *Pause. Lauter.* Vater! *Pause.* Schau nach, ob er es gehört hat.

Clov geht zu Naggs Mülleimer, hebt den Deckel an und bückt sich darüber. Unverständliche Worte. Clov richtet sich wieder auf.

CLOV: Ja.

HAMM: Beide Male?

Clov bückt sich. Unverständliche Worte. Clov richtet sich wieder auf.

CLOV: Nur einmal.

HAMM: Das erste oder das zweite?

Clov bückt sich. Unverständliche Worte. Clov richtet sich wieder auf.

CLOV: Er weiß es nicht.

HAMM: Es wird wohl das zweite Mal gewesen sein.

CLOV: Man kann es nicht wissen.

Clov klappt den Deckel zu.

HAMM: Il pleure toujours?

CLOV: Non.

HAMM: Pauvres morts! *Un temps.* Qu'est-ce qu'il fait?

CLOV: Il suce son biscuit.

HAMM: La vie continue. *Clov retourne à sa place à côté du fauteuil.*
Donne-moi un plaid, je gèle.

CLOV: Il n'y a plus de plaids.

Un temps.

HAMM: Embrasse-moi. *Un temps.* Tu ne veux pas m'embrasser?

CLOV: Non.

HAMM: Sur le front.

CLOV: Je ne veux t'embrasser nulle part.

Un temps.

HAMM *tendant la main:* Donne-moi la main au moins. *Un temps.* Tu ne veux pas me donner la main?

CLOV: Je ne veux pas te toucher.

Un temps.

HAMM: Donne-moi le chien. *Clov cherche le chien.* Non, pas la peine.

CLOV: Tu ne veux pas ton chien?

HAMM: Non.

CLOV: Alors je te quitte.

HAMM *tête baissée, distraitement:* C'est ça.

Clov va à la porte, se retourne.

CLOV: Si je ne tue pas ce rat il va mourir.

HAMM *de même:* C'est ça. *Clov sort. Un temps.* A moi. *Il sort son mouchoir, le déplie, le tient à*

HAMM: Weint er noch immer?

CLOV: Nein.

HAMM: Die armen Toten!
Pause. Was macht er?

CLOV: Er lutscht seinen Zwieback.

HAMM: Das Leben geht weiter. *Clov kehrt an seinen Platz neben dem Sessel zurück.* Gib mir ein Plaid, mich friert.

CLOV: Es gibt keine Plaids mehr.

Pause

HAMM: Küß mich. *Pause.* Du willst mich nicht küssen?

CLOV: Nein.

HAMM: Auf die Stirn.

CLOV: Ich will dich nirgendwohin küssen.

Pause

HAMM *seine Hand reichend:* Gib mir wenigstens die Hand. *Pause.* Du willst mir nicht die Hand geben?

CLOV: Ich will dich nicht berühren.

Pause

HAMM: Gib mir den Hund. *Clov sucht den Hund.* Nein, nicht der Mühe wert.

CLOV: Du willst deinen Hund nicht?

HAMM: Nein.

CLOV: Also, ich verlasse dich.

HAMM *läßt den Kopf hängen, zerstreut:* Ja, ja.

Clov geht zur Tür und dreht sich um.

CLOV: Wenn ich diese Ratte nicht töte, wird sie sterben.

HAMM *desgleichen:* Ja, ja. *Clov geht hinaus. Pause.* Ich bin wieder dran. *Er nimmt sein Taschentuch*

bout de bras ouvert devant lui. Ça avance. *Un temps.* On pleure, on pleure, pour rien, pour ne pas rire, et peu à peu ... une vraie tristesse vous gagne. *Il replie son mouchoir, le remet dans sa poche, relève un peu la tête.* Tous ceux que j'aurais pu aider. *Un temps.* Aider! *Un temps.* Sauver. *Un temps.* Sauver! *Un temps.* Ils sortaient de tous les coins. *Un temps. Avec violence.* Mais réfléchissez, réfléchissez, vous êtes sur terre, c'est sans remède! *Un temps.* Allez-vous-en et aimez-vous! Léchez-vous les uns les autres! *Un temps. Plus calme.* Quand ce n'était pas du pain c'était du mille-feuille. *Un temps. Avec violence.* Foutez-moi le camp, retournez à vos partouzes! *Un temps. Bas.* Tout ça, tout ça! *Un temps.* Même pas un vrai chien! *Plus calme.* La fin est dans le commencement et cependant on continue. *Un temps.* Je pourrais peut-être continuer mon histoire, la finir et en commencer une autre. *Un temps.* Je pourrais peut-être me jeter par terre. *Il se soulève péniblement, se laisse retomber.* Enfoncer mes ongles dans les rainures et me traîner en avant, à la force du poignet. *Un temps.* Ce sera la fin et je me demanderai ce qui a bien pu l'amener et je me demanderai ce qui a bien pu ... *il hésite* ... pourquoi elle a tant tardé. *Un temps.* Je serai là, dans le vieux refuge, seul contre le silence et ... *il hésite* ... l'inertie. Si je peux me taire, et rester tranquille, c'en sera fait, du son, et du mouvement. *Un temps.* J'aurai appelé mon père et j'aurai appelé mon ... *il hésite* ... mon fils. Et même deux fois, trois fois, au cas où ils

heraus, faltet es auseinander und hält es mit ausgestreckten Armen ausgebreitet vor sich. Es geht voran. *Pause.* Man weint und weint, um nichts, um nicht zu lachen, und nach und nach ... wird man wirklich traurig. *Er faltet sein Taschentuch zusammen, steckt es wieder in seine Tasche und hebt den Kopf ein wenig.* Alle, denen ich hätte helfen können. *Pause.* Helfen! *Pause.* Die ich hätte retten können. *Pause.* Retten! *Pause.* Sie krochen aus allen Ecken. *Pause. Heftig.* Überlegt euch doch, überlegt euch! Ihr seid auf der Erde, dagegen gibt es kein Mittel! *Pause.* Macht euch weg und liebt und leckt einander! *Pause. Ruhiger.* Wenn es kein Brot war, war es Lebkuchen. *Pause. Heftig.* Haut ab, zurück zu euren Orgien! *Pause. Leise.* Dies alles, dies alles! *Pause.* Nicht einmal einen echten Hund! *Ruhiger.* Das Ende ist im Anfang, und doch macht man weiter. *Pause.* Ich könnte vielleicht an meiner Geschichte weitermachen, sie beenden und eine andere anfangen. *Pause.* Ich könnte mich vielleicht auf den Boden werfen. *Er richtet sich mühsam auf und läßt sich wieder zurückfallen.* Meine Fingernägel in die Ritzen haken und mich mit Brachialgewalt voranziehen. *Pause.* Es wird das Ende sein, und ich werde mich fragen, durch was es wohl herbeigeführt wurde, und ich werde mich fragen, durch was es wohl ... *Er zögert.* ... warum es so spät kommt. *Pause.* Ich werde da sein, in dem alten Unterschlupf, allein gegen die Stille und ... *Er zögert.* ... die Starre. Wenn ich schweigen kann und ruhig bleiben, wird es aus

n'auraient pas entendu, à la première, ou à la seconde. *Un temps.* Je me dirai, Il reviendra. *Un temps.* Et puis? *Un temps.* Et puis? *Un temps.* Il n'a pas pu, il est allé trop loin. *Un temps.* Et puis? *Un temps. Très agité.* Toutes sortes de fantaisies! Qu'on me surveille! Un rat! Des pas! Des yeux! Le souffle qu'on retient et puis ... *il expire.* Puis parler, vite, des mots, comme l'enfant solitaire qui se met en plusieurs, deux, trois, pour être ensemble, et parler ensemble, dans la nuit. *Un temps.* Instants sur instants, plouff, plouff, comme les grains de mil de ... *il cherche* ... ce vieux Grec, et toute la vie on attend que ça vous fasse une vie. *Un temps. Il veut reprendre, y renonce. Un temps.* Ah y être, y être! *Il siffle. Entre Clov, le réveil à la main. Il s'arrête à côté du fauteuil.* Tiens! Ni loin ni mort?

CLOV: En esprit seulement.

HAMM: Lequel?

CLOV: Les deux?

HAMM: Loin tu serais mort.

CLOV: Et inversement.

HAMM *fièrement:* Loin de moi c'est la mort. *Un temps.* Et ce rat?

CLOV: Il s'est sauvé.

sein mit jedem Laut und jeder Regung. *Pause.* Ich werde meinen Vater gerufen haben, und ich werde meinen ... meinen Sohn gerufen haben. Sogar zweimal, dreimal, falls sie nicht gehört hätten, beim ersten oder zweiten Mal. *Pause.* Ich werde mir sagen: Er wird wiederkommen. *Pause.* Und dann? *Pause.* Und dann? *Pause.* Er konnte nicht, er ist zu weit weggegangen. *Pause.* Und dann? *Pause. Sehr erregt.* Alle möglichen Phantasien! Einen, der auf mich lauert! Eine Ratte! Schritte! Augen! Der Atem, den man anhält, und dann ... *Er atmet aus.* Dann sprechen, schnell, Wörter, wie das einsame Kind, das sich in mehrere spaltet, in zwei, drei, um beieinander zu sein, und mit einander zu flüstern, in der Nacht. *Pause.* Ein Augenblick kommt zum anderen, pluff, pluff, wie die Hirsekörnchen des ... *er denkt nach* ... jenes alten Griechen, und das ganze Leben wartet man darauf, daß ein Leben daraus werde. *Pause. Er will weitersprechen, gibt es aber auf. Pause.* Ah, so weit sein, so weit sein! *Er pfeift. Clov kommt mit dem Wecker in der Hand herein. Er bleibt neben dem Sessel stehen.* Sieh mal an! Weder fern noch tot?

CLOV: Nur im Geiste.

HAMM: Was denn?

CLOV: Beides.

HAMM: Fern wärest du tot.

CLOV: Und umgekehrt.

HAMM *stolz:* Fern von mir ist der Tod. *Pause.* Und die Ratte?

CLOV: Hat sich gerettet.

HAMM: Il n'ira pas loin. *Un temps. Inquiet.* Hein?

CLOV: Il n'a pas besoin d'aller loin.

Un temps.

HAMM: Ce n'est pas l'heure de mon calmant?

CLOV: Si.

HAMM: Ah! Enfin! Donne vite!

CLOV: Il n'y a plus de calmant.

Un temps.

HAMM *épouvanté:* Mon ...! *Un temps.* Plus de calmant!

CLOV: Plus de calmant. Tu n'auras jamais plus de calmant.

Un temps.

HAMM: Mais la petite boîte ronde. Elle était pleine!

CLOV: Oui, mais maintenant elle est vide.

Un temps. Clov commence à tourner dans la pièce. Il cherche un endroit où poser le réveil.

HAMM *bas:* Qu'est-ce que je vais faire. *Un temps. Hurlant.* Qu'est-ce que je vais faire? *Clov avise le tableau, le décroche, l'appuie par terre toujours retourné contre le mur, accroche le réveil à sa place.* Qu'est-ce que tu fais?

CLOV: Trois petits tours.

Un temps.

HAMM: Regarde la terre.

CLOV: Encore?

HAMM: Puisqu'elle t'appelle.

CLOV: Tu as mal à la gorge? *Un temps.* Tu veux

HAMM: Sie wird nicht weit kommen. *Pause. Ängstlich.* Nicht wahr?

CLOV: Sie braucht nicht weit zu kommen.

Pause

HAMM: Muß ich jetzt nicht mein Beruhigungsmittel einnehmen?

CLOV: Doch.

HAMM: Ah! Endlich! Her damit!

CLOV: Es gibt kein Beruhigungsmittel mehr.

Pause

HAMM *entsetzt:* Mein ...! *Pause.* Kein Beruhigungsmittel mehr!

CLOV: Kein Beruhigungsmittel mehr. Du wirst nie wieder ein Beruhigungsmittel bekommen.

Pause

HAMM: Aber die kleine, runde Schachtel. Sie war doch voll!

CLOV: Ja. Aber jetzt ist sie leer.

Pause. Clov beginnt im Zimmer herumzugehen. Er sucht einen Platz, um den Wecker hinzustellen.

HAMM *leise:* Was soll ich nur machen? *Pause. Brüllend.* Was soll ich nur machen? *Clov wird das Gemälde gewahr, nimmt es vom Haken, stellt es, ohne es umzudrehen, auf den Boden und lehnt es an die Wand. Er hängt den Wecker an den Haken.* Was machst du?

CLOV: Eine kleine Ehrenrunde.

Pause

HAMM: Schau dir die Erde an.

CLOV: Schon wieder?

HAMM: Da sie dich lockt.

CLOV: Hast du Halsweh? *Pause.* Möchtest du etwas

une pâte de guimauve? *Un temps.* Non? *Un temps.* Dommage.

Il va en chantonnant vers la fenêtre à droite, s'arrête devant, la regarde, la tête rejetée en arrière.

HAMM: Ne chante pas!

CLOV *se tournant vers Hamm:* On n'a plus le droit de chanter?

HAMM: Non.

CLOV: Alors comment veux-tu que ça finisse?

HAMM: Tu as envie que ça finisse?

CLOV: J'ai envie de chanter.

HAMM: Je ne pourrais pas t'en empêcher.

Un temps. Clov se retourne vers la fenêtre.

CLOV: Qu'est-ce que j'ai fait de cet escabeau? *Il le cherche des yeux.* Tu n'as pas vu cet escabeau? *Il cherche, le voit.* Ah tout de même! *Il va vers la fenêtre à gauche.* Des fois je me demande si j'ai toute ma tête. Puis ça passe, je redeviens lucide. *Il monte sur l'escabeau, regarde par la fenêtre.* Putain! Elle est sous l'eau! *Il regarde.* Comment ça se fait? *Il avance la tête, la main en visière.* Il n'a pourtant pas plu. *Il essuie la vitre, regarde. Un temps. Il se frappe le front.* Que je suis bête! Je me suis trompé de côté! *Il descend de l'escabeau, fait quelques pas vers la fenêtre à droite.* Sous l'eau! *Il retourne prendre l'escabeau.* Que je suis bête! *Il traîne l'escabeau vers la fenêtre à droite.* Des fois je me demande si j'ai tous mes esprits. Puis ça passe, je redeviens intelligent. *Il installe l'escabeau sous la fenêtre à droite, monte dessus, regarde par la fenêtre. Il se tourne vers Hamm.* Y a-t-il des secteurs qui

Lakritze? *Pause.* Nein? *Pause.* Schade. *Er geht vor sich hinsummend zum rechten Fenster, bleibt davor stehen und betrachtet es mit dem Kopf im Nacken.*

HAMM: Nicht singen!

CLOV *sich Hamm zuwendend:* Darf man nicht mehr singen?

HAMM: Nein.

CLOV: Wie soll das denn enden?

HAMM: Möchtest du, daß es endet?

CLOV: Ich möchte singen.

HAMM: Ich könnte dich nicht daran hindern.

Pause. Clov wendet sich dem Fenster zu.

CLOV: Was habe ich nur mit der Leiter gemacht? *Er schaut sich nach der Leiter um.* Hast du die Leiter nicht gesehen? *Er sucht und erblickt sie.* Aha, immerhin! *Er geht zum linken Fenster.* Manchmal frage ich mich, wo ich meinen Kopf habe. Dann geht es vorüber, und ich werde wieder klar. *Er steigt auf die Leiter und schaut durchs Fenster.* Schweinerei! Sie ist überschwemmt! *Er schaut.* Wie ist das nur möglich? *Er streckt den Kopf vor und schirmt die Augen mit der Hand ab.* Es hat doch nicht geregnet. *Er wischt die Scheibe und schaut. Pause. Er schlägt sich an die Stirn.* Ich Dummkopf! Ich bin ja auf der falschen Seite! *Er steigt von der Leiter und geht ein paar Schritte auf das rechte Fenster zu.* Überschwemmt! *Er geht wieder zurück, um die Leiter zu holen.* Ich Dummkopf! *Er zieht die Leiter hinter sich her ans rechte Fenster.* Manchmal frage ich mich, wo ich meine Sinne habe.

t'intéressent particulièrement. *Un temps.* Ou rien que le tout?

HAMM *faiblement:* Tout.

CLOV: L'effet général? *Un temps. Il se retourne vers la fenêtre.* Voyons ça.

Il regarde.

HAMM: Clov!

CLOV *absorbé:* Mmm.

HAMM: Tu sais une chose?

CLOV *de même:* Mmm.

HAMM: Je n'ai jamais été là. *Un temps.* Clov!

CLOV *se tournant vers Hamm, exaspéré.* Qu'est-ce que c'est?

HAMM: Je n'ai jamais été là.

CLOV. Tu as eu de la veine.

Il se retourne vers la fenêtre.

HAMM: Absent, toujours. Tout s'est fait sans moi. Je ne sais pas ce qui s'est passé. *Un temps.* Tu sais ce qui s'est passé, toi? *Un temps.* Clov!

CLOV *se tournant vers Hamm, exaspéré:* Tu veux que je regarde cette ordure, oui ou non?

HAMM: Réponds d'abord.

CLOV: Quoi?

HAMM: Tu sais ce qui s'est passé?

CLOV: Où? Quand?

HAMM *avec violence:* Quand! Ce qui s'est passé! Tu ne comprends pas? Qu'est-ce qui s'est passé?

CLOV: Qu'est-ce que ça peut foutre?

Dann geht es vorüber, und ich werde wieder vernünftig. *Er stellt die Leiter unterm rechten Fenster hin, steigt hinauf und schaut durchs Fenster. Er wendet sich Hamm zu.* Gibt es Sektoren, die dich besonders interessieren? *Pause.* Oder bloß alles?

HAMM *schwächlich:* Alles.

CLOV: Der allgemeine Eindruck? *Pause. Er wendet sich wieder dem Fenster zu.* Moment mal!

Er schaut.

HAMM: Clov!

CLOV *vertieft:* Hmm.

HAMM: Weißt du was?

CLOV *desgleichen:* Hmm.

HAMM: Ich bin nie dagewesen. *Pause.* Clov!

CLOV *sich Hamm zuwendend, aufgebracht:* Was ist denn?

HAMM: Ich bin nie dagewesen.

CLOV: Du hast Schwein gehabt.

Er wendet sich wieder dem Fenster zu.

HAMM: Abwesend, immer. Alles ist ohne mich vorgegangen. Ich weiß nicht, was geschehen ist. *Pause.* Weißt du, was geschehen ist? *Pause.* Clov!

CLOV *sich Hamm zuwendend, aufgebracht:* Soll ich diesen Dreck anschauen, ja oder nein?

HAMM: Erst antworten!

CLOV: Was?

HAMM: Weißt du, was geschehen ist?

CLOV: Wo? Wann?

HAMM *heftig:* Wann! Was geschehen ist! Verstehst du nicht? Was ist geschehen?

CLOV: Das ist doch ganz wurscht!

Il se retourne vers la fenêtre.

HAMM: Moi je ne sais pas.

Un temps. Clov se tourne vers Hamm.

CLOV *durement:* Quand la Mère Pegg te demandait de l'huile pour sa lampe et que tu l'envoyais paître, à ce moment-là tu savais ce qui se passait, non? *Un temps.* Tu sais de quoi elle est morte, la Mère Pegg? D'obscurité.

HAMM *faiblemnet:* Je n'en avais pas.

CLOV *de même:* Si, tu en avais!

Un temps.

HAMM: Tu as la lunette?

CLOV: Non. C'est assez gros comme ça.

HAMM: Va la chercher.

Un temps. Clov lève les yeux au ciel et les bras en l'air les poings fermés. Il perd l'équilibre, s'accroche à l'escabeau. Il descend quelques marches, s'arrête.

CLOV: Il y a une chose qui me dépasse. *Il descend jusqu'au sol, s'arrête.* Pourquoi je t'obéis toujours. Peux-tu m'expliquer ça?

HAMM: Non ... C'est peut-être de la pitié *Un temps.* Une sorte de grande pitié. *Un temps.* Oh tu auras du mal, tu auras du mal.

Un temps. Clov commence à tourner dans la pièce. Il cherche la lunette.

CLOV: Je suis las de nos histoires, très las. *Il cherche.* Tu n'es pas assis dessus?

Il déplace le fauteuil, regarde à l'endroit qui était caché, se remet à chercher.

Er wendet sich wieder dem Fenster zu.

HAMM: Ich weiß es nicht.

Pause. Clov wendet sich Hamm zu.

CLOV *hart:* Als die Mutter Pegg dich um Öl bat für ihre Lampe, und du sie zum Teufel schicktest, da wußtest du doch, was geschah, nicht? *Pause.* Weißt du, woran sie gestorben ist, die Mutter Pegg? An der Dunkelheit.

HAMM *schwächlich:* Ich hatte keins.

CLOV *hart:* Doch, du hattest!

Pause

HAMM: Hast du das Fernglas?

CLOV: Nein. Es ist so nahe genug.

HAMM: Hol' es.

Pause. Clov hebt die Augen zum Himmel und die Arme in die Luft, mit geballten Fäusten. Er verliert das Gleichgewicht und klammert sich an die Leiter. Er steigt ein paar Stufen hinab und bleibt stehen.

CLOV: Es gibt etwas, das ich nicht begreifen kann. *Pause. Er steigt hinab auf den Boden und bleibt stehen.* Warum gehorche ich dir immer? Kannst du mir das erklären?

HAMM: Nein ... Es ist vielleicht Mitleid. *Pause.* Eine Art großes Mitleid. *Pause.* Oh, du wirst es schwer haben, du wirst es schwer haben.

Pause. Clov beginnt im Zimmer herumzugehen. Er sucht das Fernglas.

CLOV: Ich habe unsere Geschichten satt, sehr satt. *Er sucht.* Sitzt du nicht darauf?

Er verschiebt den Sessel, schaut auf dem Platz nach, wo er gestanden hatte, und sucht weiter.

HAMM *angoissé:* Ne me laisse pas là! *Clov remet rageusement le fauteuil à sa place, se remet à chercher. Faiblement.* Je suis bien au centre?

CLOV: Il faudrait un microscope pour trouver ce – *Il voit la lunette.* Ah tout de même!

Il ramasse la lunette, va à l'escabeau, monte dessus, braque la lunette sur le dehors.

HAMM: Donne-moi le chien.

CLOV *regardant:* Tais-toi.

HAMM *plus fort:* Donne-moi le chien!

Clov laisse tomber la lunette, se prend la tête entre les mains. Un temps. Il descend précipitamment de l'escabeau, cherche le chien, le trouve, le ramasse, se précipite vers Hamm et lui en assène un grand coup sur le crâne.

CLOV: Voilà ton chien!

Le chien tombe par terre. Un temps.

HAMM: Il m'a frappé.

CLOV: Tu me rends enragé, je suis enragé!

HAMM: Si tu dois me frapper, frappe-moi avec la masse. *Un temps.* Ou avec la gaffe, tiens, frappe-moi avec la gaffe. Pas avec le chien. Avec la gaffe. Ou avec la masse.

Clov ramasse le chien et le donne à Hamm qui le prend dans ses bras.

CLOV *implorant:* Cessons de jouer!

HAMM: Jamais! *Un temps.* Mets-moi dans mon cercueil.

CLOV: Il n'y a plus de cercueils.

HAMM: Alors que ça finisse! *Clov va vers l'esca-*

HAMM *ängstlich:* Laß mich nicht hier stehen! *Clov schiebt den Sessel jähzornig wieder an seinen Platz und sucht weiter. Schwächlich.* Bin ich genau in der Mitte?

CLOV: Man müßte ein Mikroskop haben, um dieses ... *Er erblickt das Fernglas.* Ah! Immerhin. *Er hebt das Fernglas auf, geht zur Leiter, steigt hinauf und richtet das Fernglas nach draußen.*

HAMM: Gib mir den Hund.

CLOV *schauend:* Sei still.

HAMM *lauter:* Gib mir den Hund!

Clov läßt das Fernglas fallen und nimmt den Kopf in beide Hände. Pause. Er steigt schnell von der Leiter, sucht den Hund, findet ihn, hebt ihn auf, stürzt sich auf Hamm und versetzt ihm mit dem Hund einen heftigen Schlag auf den Schädel.

CLOV: Da hast du deinen Hund!

Der Hund fällt auf den Boden. Pause.

HAMM: Er hat mich geschlagen.

CLOV: Du machst mich wütend, ich bin wütend!

HAMM: Wenn du mich schon schlagen mußt, schlag mich dann mit dem Hammer. *Pause.* Oder mit dem Haken, ja, schlag mich mit dem Haken. Nicht mit dem Hund. Mit dem Haken. Oder mit dem Hammer.

Clov hebt den Hund auf und gibt ihn Hamm, der ihn in seine Arme nimmt.

CLOV *flehend:* Laß uns aufhören zu spielen!

HAMM: Nie! *Pause.* Leg mich in meinen Sarg.

CLOV: Es gibt keine Särge mehr.

HAMM: Also Schluß damit! Es soll enden! *Clov*

beau. Avec violence. Et que ça saute! *Clov monte sur l'escabeau, s'arrête, descend, cherche la lunette, la ramasse, remonte sur l'escabeau, lève la lunette.* D'obscurité! Et moi? Est-ce qu'on m'a jamais pardonné, à moi?

CLOV *baissant la lunette, se tournant vers Hamm:* Quoi? *Un temps.* C'est pour moi que tu dis ça?

HAMM *avec colère:* Un aparté! Con! C'est la première fois que tu entends un aparté? *Un temps.* J'amorce mon dernier soliloque.

CLOV: Je te préviens. Je vais regarder cette dégoûtation puisque tu l'ordonnes. Mais c'est bien la dernière fois. *Il braque la lunette.* Voyons voir... *Il promène la lunette.* Rien ... rien ... bien ... tres bien ... rien ... parf ... *Il sursaute, baisse la lunette, l'examine, la braque de nouveau. Un temps.* Aïeaïeaïe!

HAMM: Encore des complications! *Clov descend de l'escabeau.* Pourvu que ça ne rebondisse pas!

CLOV *avec effroi:* On dirait un môme.

HAMM *avec sarcasme:* Un môme!

CLOV. Je vais y aller. *Il descend de l'escabeau, jette la lunette, va vers la porte, s'arrête.* Je prends la gaffe.

Il cherche la gaffe, la ramasse, va vers la porte.

HAMM: Pas la peine.

Clov s'arrête.

CLOV: Pas la peine? Un procréateur en puissance?

geht zur Leiter. Heftig. Und zwar ruckzuck! *Clov steigt auf die Leiter, hält an, steigt hinab, sucht das Fernglas, hebt es auf, steigt wieder auf die Leiter, setzt das Fernglas an.* An der Dunkelheit! Und ich? Hat man mich je bemitleidet, mich?

CLOV *das Fernglas absetzend und sich Hamm zuwendend:* Was? *Pause.* Geht das gegen mich?

HAMM *zornig:* Ein Beiseite, du Trottel! Ist es das erste Mal, daß du ein Beiseite hörst? *Pause.* Ich rüste mich zum letzten Monolog.

CLOV: Laß dir gesagt sein, daß ich diesen Dreck anschaue, weil du es befiehlst. Aber es ist bestimmt das letzte Mal. *Er setzt das Fernglas an.* Mal sehen ... *Er schwenkt das Fernglas hin und her.* Nichts ... nichts ... gut ... sehr gut ... nichts ... ausge – *Er zuckt zusammen, läßt das Fernglas sinken, prüft es und setzt es wieder an. Pause.* Oh je, oh je, oh je, oh je!

HAMM: Schon wieder Komplikationen! *Clov steigt von der Leiter.* Wenn es nur nicht wieder losgeht!

CLOV *erschrocken:* Sieht aus wie ein Knabe.

HAMM *sarkastisch:* Ein Knabe!

CLOV: Ich werde mal hingehen. *Er steigt von der Leiter, wirft das Fernglas weg, geht zur Tür und bleibt stehen.* Ich nehme den Haken.

Er sucht den Bootshaken, findet ihn, hebt ihn auf und geht zur Tür.

HAMM: Nicht der Mühe wert.

Clov bleibt stehen.

CLOV: Nicht der Mühe wert? Ein potentieller Erzeuger?

HAMM: S'il existe il viendra ici ou il mourra là. Et s'il n'existe pas ce n'est pas la peine.

Un temps.

CLOV: Tu ne me crois pas? Tu crois que j'invente?

Un temps.

HAMM: C'est fini, Clov, nous avons fini. Je n'ai plus besoin de toi.

Un temps.

CLOV: Ça tombe bien.

Il va vers la porte.

HAMM: Laisse-moi la gaffe.

Clov lui donne la gaffe, regarde le réveil.

CLOV: Je te quitte.

Un temps.

HAMM: Avant de partir, dis quelque chose.

CLOV: Il n'y a rien à dire.

HAMM: Quelques mots ... que je puisse repasser ... dans mon cœur.

CLOV: Ton cœur!

HAMM: Oui. *Un temps. Avec force.* Oui! *Un temps.* Avec le reste, à la fin, les ombres, les murmures, tout le mal, pour terminer. *Un temps.* Clov ... *Un temps.* Il ne m'a jamais parlé. Puis, à la fin, avant de partir, sans que je lui demande rien, il m'a parlé. Il m'a dit ...

CLOV *accablé:* Ah ...!

HAMM: Quelque chose ... de ton cœur.

CLOV: Mon cœur!

HAMM: Quelques mots ... de ton cœur.

HAMM: Wenn er existiert, kommt er hierher oder er stirbt dort. Und wenn er nicht existiert ... Nicht der Mühe wert.

Pause

CLOV: Du glaubst mir nicht? Du glaubst, daß ich schwindele?

Pause

HAMM: Es ist zu Ende, Clov, wir sind am Ende. Ich brauche dich nicht mehr.

Pause

CLOV: Das trifft sich gut.

Er geht zur Tür.

HAMM: Laß mir den Haken.

Clov gibt ihm den Bootshaken und schaut nach dem Wecker.

CLOV: Ich verlasse dich.

Pause

HAMM: Sag noch etwas, vorm Weggehen.

CLOV: Es ist nichts zu sagen.

HAMM: Ein paar Worte ... über die ich nachsinnen könnte ... in meinem Herzen.

CLOV: Deinem Herzen!

HAMM: Ja. *Pause. Nachdrücklich.* Ja! *Pause.* Mit dem Rest, am Ende, den Schatten, dem Gemurmel, all dem Übel, um Schluß zu machen. *Pause.* Clov ... *Pause.* Er hat nie zu mir gesprochen. Aber am Ende, vorm Weggehen, hat er ungebeten zu mir gesprochen. Er sagte mir ...

CLOV *niedergeschlagen:* Ah ...!

HAMM: Irgend etwas ... aus deinem Herzen.

CLOV: Meinem Herzen!

HAMM: Ein paar Worte ... aus deinem Herzen.

Clov *regard fixe, voix blanche:* On m'a dit, Mais c'est ça, l'amour, mais si, mais si, crois-moi, tu vois bien que c'est facile. On m'a dit, Mais c'est ça, l'amitié, mais si, mais si, je t'assure, tu n'as pas besoin de chercher plus loin. On m'a dit, C'est là, arrête-toi, relève la tête et regarde cette splendeur. Cet ordre! On m'a dit, Allons, tu n'es pas une bête, pense à ces choses-là et tu verras comme tout devient clair. Et simple! On m'a dit, Tous ces blessés à mort, avec quelle science on les soigne. *Un temps.* Je me dis – quelquefois, Clov, il faut que tu arrives à souffrir mieux que ça, si tu veux qu'on se lasse de te punir – un jour. Je me dis – quelquefois, Clov, il faut que tu sois là mieux que ça, si tu veux qu'on te laisse partir – un jour. Mais je me sens trop vieux, et trop loin, pour pouvoir former de nouvelles habitudes. Bon, ça ne finira donc jamais, je ne partirai donc jamais. *Un temps.* Puis un jour, soudain, ça finit, ça change, je ne comprends pas, ça meurt, ou c'est moi, je ne comprends pas, ça non plus. Je le demande aux mots qui restent – sommeil, réveil, soir, matin. Ils ne savent rien dire. *Un temps.* J'ouvre la porte du cabanon et m'en vais. Je suis si voûté que je ne vois que mes pieds, si j'ouvre les yeux, et entre mes jambes un peu de poussière noirâtre. Je me dis que la terre s'est éteinte, quoique je ne l'aie jamais vue allumée. *Un temps.* Ça va tout seul. *Un temps.* Quand je tomberai je pleurerai de bonheur.

Clov *mit starrem Blick und tonloser Stimme:* Man sagte mir: Ja, das ist Liebe, doch, doch, glaub es nur, du siehst schon, wie leicht es ist. Man sagte mir: Ja, das ist Freundschaft, doch, doch, ganz bestimmt, du brauchst nicht weiter zu suchen. Man sagte mir: Hier, bleib stehn, Kopf hoch, schau dir diese Herrlichkeit an. Diese Ordnung! Man sagte mir: Nur zu, du bist doch kein Tier, bedenke diese Dinge und du wirst schon sehen, wie klar alles wird. Wie einfach! Man sagte mir: Sieh doch, mit welcher Kunst sie gepflegt werden, all diese tödlich Verletzten. *Pause.* Ich sage mir ... manchmal, Clov, du mußt noch besser leiden lernen, wenn du willst, daß man es satt kriegt, dich zu strafen ... eines Tages. Ich sage mir ... manchmal, Clov, du mußt noch besser da sein, wenn du willst, daß man dich gehen läßt ... eines Tages. Aber ich fühle mich zu alt und zu weit weg, um neue Gewohnheiten annehmen zu können. Gut, es wird also nie enden, ich werde also nie gehen. *Pause.* Dann, eines Tages, plötzlich, endet es, ändert es sich, ich verstehe es nicht, stirbt es ... oder ich bin es, ich verstehe es nicht, auch das nicht. Ich frage es die Wörter, die übrigbleiben – Schlafen, Wachen, Abend, Morgen. Sie können nichts sagen. *Pause.* Ich öffne die Türe der Zelle und gehe. Ich gehe so gebeugt, daß ich nur meine Füße sehe, wenn ich die Augen öffne, und

Un temps.

Il va vers la porte.

HAMM: Clov! *Clov s'arrête sans se retourner. Un temps.* Rien. *Clov repart.* Clov!

Clov s'arrête sans se retourner.

CLOV: C'est ce que nous appelons gagner la sortie.

HAMM: Je te remercie, Clov.

CLOV *se retournant, vivement:* Ah pardon, c'est moi qui te remercie.

HAMM: C'est nous qui nous remercions. *Un temps. Clov va à la porte.* Encore une chose. *Clov s'arrête.* Une dernière grââce. *Clov sort.* Cache-moi sous le drap. *Un temps long.* Non? Bon. *Un temps.* A moi. *Un temps.* De jouer. *Un temps. Avec lassitude.* Vieille fin de partie perdue, finir de perdre. *Un temps. Plus animé.* Voyons. *Un temps.* Ah oui! *Il essaie de déplacer le fauteuil en prenant appui sur la gaffe. Pendant ce temps entre Clov. Panama, veston de tweed, imperméable sur le bras, parapluie, valise. Près de la porte, impassible, les yeux fixés sur Hamm, Clov reste immobile jusqu'à la fin. Hamm renonce.* Bon. *Un temps.* Jeter. *Il jette la gaffe, veut jeter le chien, se ravise.* Pas plus haut que le cul. *Un temps.* Et puis? *Un temps.* Enlever. *Il enlève sa calotte.* Paix à nos ... fesses. *Un temps.* Et remettre. *Il remet sa calotte.*

zwischen meinen Beinen ein wenig schwärzlichen Staub. Ich sage mir, daß die Erde erloschen ist, obgleich ich sie nie glühen sah. *Pause.* Es geht von selbst. *Pause.* Wenn ich falle, werde ich weinen ... vor Glück.

Pause

Er geht zur Tür.

HAMM: Clov! *Clov bleibt stehen, ohne sich umzudrehen. Pause.* Nichts. *Clov geht weiter.* Clov!

Clov bleibt stehen, ohne sich umzudrehen.

CLOV: Das nennen wir abtreten.

HAMM: Ich entlasse dich, Clov.

CLOV *sich umdrehend, lebhaft:* Moment mal bitte, i c h entlasse dich.

HAMM: Wir entlassen einander. *Pause. Clov geht zur Tür.* Noch etwas. *Clov bleibt stehen.* Eine allerletzte Gnade. *Clov geht.* Verstecke mich unter dem Tuch. *Eine lange Pause.* Nein? Gut. *Pause.* Also, ich bin dran. *Pause.* Jetzt spiele ich. *Pause. Müde.* Altes, von jeher verlorenes Endspiel, Schluß damit, nicht mehr verlieren. *Pause. Belebter.* Mal sehen. *Pause.* Ach ja! *Er versucht, den Sessel mit Hilfe des Bootshakens zu verschieben. Unterdessen kommt Clov herein. Panamahut. Tweedrock, hellgelbe Handschuhe, Regenmantel überm Arm, Schirm und Koffer. In der Nähe der Tür bleibt Clov regungslos und teilnahmslos mit auf Hamm gerichtetem Blick bis zum Ende stehen. Hamm gibt das Staken auf.* Gut. *Pause.* Wegwerfen. *Er wirft den Bootshaken weg, will den Hund wegwerfen, besinnt sich anders.* Halt, Vorsicht, nicht so schnell! Noch nicht. *Pause.* Und nun? *Pause.* Abnehmen.

Egalité. *Un temps. Il enlève ses lunettes.* Essuyer. *Il sort son mouchoir et, sans le déplier, essuie ses lunettes.* Et remettre. *Il remet le mouchoir dans sa poche, remet ses lunettes.* On arrive. Encore quelques conneries comme ça et j'appelle. *Un temps.* Un peu de poésie. *Un temps.* Tu appelais – *Un temps. Il se corrige.* Tu réclamais le soir; il vient – *Un temps. Il se corrige.* Il descend : le voici. *Il reprend, très chantant.* Tu réclamais le soir; il descend: le voici. *Un temps.* Joli ça. *Un temps.* Et puis? *Un temps.* Instants nuls, toujours nuls, mais qui font le compte, que le compte y est, et l'histoire close. *Un temps. Ton de narrateur.* S'il pouvait avoir son petit avec lui ... *Un temps.* C'était l'instant que j'attendais. *Un temps.* Vous ne voulez pas l'abandonner? Vous voulez qu'il grandisse pendant que vous, vous rapetissez? *Un temps.* Qu'il vous adoucisse les cent mille derniers quarts d'heure? *Un temps.* Lui ne se rend pas compte, il ne connaît que la faim, le froid et la mort au bout. Mais vous! Vous devez savoir ce que c'est, la terre, à présent. *Un temps.* Oh je l'ai mis devant ses responsabilités! *Un temps. Ton normal.* Eh bien ça y est, j'y suis, ça suffit. *Il lève le sifflet, hésite, le lâche. Un temps.* Oui, vraiment! *Il siffle. Un temps. Plus fort. Un temps.* Bon. *Un temps.* Père! *Un temps. Plus fort.* Père! *Un temps.* Bon. *Un temps.* On arrive. *Un temps.* Et pour terminer? *Un temps.* Jeter. *Il jette le chien. Il arrache le sifflet.* Tenez! *Il jette le sifflet devant lui. Un temps. Il renifle. Bas.* Clov! *Un temps.* Clov! *Un*

Er nimmt seine Kappe ab. Friede unsern ... Ärschen! *Pause.* Und wieder aufsetzen. *Er setzt seine Kappe wieder auf.* Null zu null. *Pause. Er nimmt seine Brille ab.* Putzen. *Er zieht sein Taschentuch heraus und putzt damit, ohne es auseinanderzufalten, seine Brille.* Und wieder aufsetzen. *Er steckt sein Taschentuch wieder in die Tasche und setzt die Brille wieder auf.* Es kommt. Noch ein paar Albernheiten wie diese und ich rufe. *Pause.* Ein bißchen Poesie. *Pause.* Du riefest nach ... *Pause. Er verbessert sich.* Du flehtest nach der Nacht; sie kommt ... *Pause. Er verbessert sich.* Sie naht: sie ist schon da. *Er wiederholt es mit singendem Ton.* Du flehtest nach der Nacht; sie naht: sie ist schon da. *Pause.* Schöne Stelle. *Pause.* Und nun? *Pause.* Augenblicke gleich null, immer gleich null, und die doch zählen, damit die Rechnung aufgeht und die Geschichte endet. *Pause. Erzählerton.* Ob er seinen Kleinen bei sich behalten dürfe ... *Pause.* Das war der Augenblick, auf den ich wartete. *Pause.* Sie wollen ihn nicht verlassen? Sie wollen, daß er blüht, während Sie, während Sie welken? *Pause.* Sie wollen, daß er Ihnen die hunderttausend letzten Viertelstündchen versüßt? *Pause.* Er hat ja keine Ahnung, er kennt nur den Hunger, die Kälte und den Tod am Ende. Aber Sie! Sie müssen doch wissen, was das ist, die Erde, jetzt. *Pause.* Oh, ich habe ihm seine Verantwortung vor Augen geführt! *Pause. Normaler Ton.* Also gut, es ist soweit, es reicht. *Er hebt die Signalpfeife an, zögert und läßt sie los. Pause.* Ja, wirklich! *Er pfeift.*

temps. Non? Bon. *Il sort son mouchoir.* Puisque ça se joue comme ça ... *il déplie le mouchoir* ... jouons ça comme ça ... *il déplie* ... et n'en parlons plus ... *il finit de déplier* ... ne parlons plus. *Il tient à bout de bras le mouchoir ouvert devant lui.* Vieux linge! *Un temps.* Toi – je te garde. *Un temps. Il approche le mouchoir de son visage. Il se couvre le visage avec le mouchoir, laisse tomber les mains sur les bras du fauteuil, ne bouge plus.*

Pause. Lauter. Pause. Gut. *Pause.* Vater! *Pause. Lauter.* Vater! *Pause.* Gut. *Pause.* Es kommt. *Pause.* Und zum Schluß? *Pause.* Wegwerfen. *Er wirft den Hund weg. Er reißt die Signalpfeife ab.* Bitte! *Er wirft die Signalpfeife nach vorn. Pause. Er schnauft. Leise.* Clov! *Pause.* Clov! *Pause.* Nein? Gut. *Er zieht sein Taschentuch heraus.* Da es so gespielt wird ... *er faltet das Taschentuch auseinander* ... spielen wir es eben so ... *er faltet das Taschentuch auseinander* ... und sprechen wir nicht mehr darüber ... *er hat das Taschentuch auseinandergefaltet* ... sprechen wir nicht mehr. *Er hält das Taschentuch mit ausgestreckten Armen ausgebreitet vor sich.* Altes Linnen! *Pause.* Dich behalte ich. *Er nähert das Taschentuch seinem Gesicht, bedeckt sein Gesicht mit dem Taschentuch, läßt die Hände auf die Armlehnen sinken und bewegt sich nicht mehr.*

Samuel Beckett
Sein Werk im Suhrkamp Verlag

Werke in fünf Bänden. In Zusammenarbeit mit Samuel Beckett herausgegeben von Elmar Tophoven und Klaus Birkenhauer. Übertragungen von Elmar Tophoven, Erika Tophoven und Erich Franzen. Leinen

Band 1: Dramatische Werke. Theaterstücke. Hörspiele. Pantomime/Film/Fernsehspiel

Band 2: Romane I: Murphy. Watt. Mercier und Camier

Band 3: Romane II: Molloy. Malone stirbt. Der Namenlose. Wie es ist

Band 4: Erzählungen

Band 5: Szenen. Prosa. Verse

Dramatische Dichtungen in drei Sprachen. I: Stücke: Warten auf Godot. Endspiel. Spiel ohne Worte 1. Spiel ohne Worte 2. Cascando. Aus dem Französischen von Elmar Tophoven. Englische Übertragung von Samuel Beckett. Leinen

Dramatische Dichtungen in drei Sprachen. II: Stücke: Alle die da fallen. Das letzte Band. Aschenglut/Spiel. Glückliche Tage. Worte und Musik. Aus dem Englischen von Erika und Elmar Tophoven. Französische Übertragung von Samuel Beckett. Leinen

Dramatische Dichtungen in drei Sprachen. Einbändige Ausgabe. SA. Leinen und Leder

Einzelausgaben

Der Ausgestoßene. L'Expulsé. The Expelled. Deutsche Übertragung von Elmar Tophoven. Mit Illustrationen von Roswitha Quadflieg. st 1006

Auswahl in einem Band. Deutsch von Erika und Elmar Tophoven. Leinen

Endspiel. Alle die da fallen. Aus dem Französischen von Elmar Tophoven und Erika Schöningh. Broschiert

Endspiel. Fin de Partie. Französisch und deutsch. Deutsch von Elmar Tophoven. es 96

Endspiel. Fin de partie. Endgame. Deutsche Übertragung von Elmar Tophoven. Französische Originalfassung. Englische Übertragung von Samuel Beckett. st 171

Erste Liebe. Premier amour. Französisch und deutsch. Deutsche Übertragung von Elmar Tophoven. BS 277

Erzählungen und Texte um Nichts. Deutsch von Elmar Tophoven. BS 82

Flötentöne. Französisch und deutsch. Aus dem Französischen von Elmar Tophoven und Karl Krolow. es 1098

50/1/11.92

Samuel Beckett
Sein Werk im Suhrkamp Verlag

Gesellschaft. Eine Fabel in drei Sprachen. Deutsche Übertragung von Elmar Tophoven. Leinen

Gesellschaft. Eine Fabel. Deutsche Übertragung von Elmar Tophoven. BS 800

Glückliche Tage und andere Stücke. Deutsch von Erika und Elmar Tophoven. BS 98

Glückliche Tage. Happy Days. Oh les beaux jours. Deutsche Übertragung von Erika und Elmar Tophoven. Englische Originalfassung. Französische Übertragung von Samuel Beckett. st 248

Immer noch nicht mehr. Stirrings Still. Soubresauts. Dreisprachig. Aus dem Englischen von Erika Tophoven-Schöningh. Leinen

Das letzte Band. La dernière bande. Krapp's Last Tape. Deutsche Übertragung von Erika und Elmar Tophoven. Englische Originalfassung. Französische Übertragung von Samuel Beckett. Mit Szenenphotos. st 200

Malone stirbt. Roman. Aus dem Französischen von Elmar Tophoven. st 407

Mehr Prügel als Flügel. Aus dem Englischen von Christian Enzensberger. BS 1000

Mercier und Camier. Aus dem Französischen von Elmar Tophoven. st 943

Molloy. Roman. Aus dem Französischen von Erich Franzen. Leinen und st 229

Der Namenlose. Roman. Übertragen von Elmar Tophoven, Erika Tophoven und Erich Franzen. st 536

Stücke und Bruchstücke in drei Sprachen. Mit Abbildungen. Deutsche Übertragung von Elmar und Erika Tophoven. Französische und englische Übertragung von Samuel Beckett. Leinen

Der Verwaiser. Le dépeupleur. The Lost Ones. Deutsche Übertragung von Elmar Tophoven. BS 1027

Warten auf Godot. En attendant Godot. Waiting for Godot. Deutsche Übertragung von Elmar Tophoven. Vorwort von Joachim Kaiser. st 1

Warten auf Godot. Ins Deutsche übertragen von Elmar Tophoven. BS 1040

Watt. Deutsch von Elmar Tophoven. st 46

Die Welt und die Hose. Aus dem Französischen von Erika Tophoven-Schöningh und Rosi Wiegmann. Kleine Reihe. Bütten-Broschur

Wie es ist. Deutsch von Elmar Tophoven. BS 118 und st 1262

Worstward Ho. Zweisprachig. Aus dem Englischen von Erika Tophoven-Schöningh. Leinen

50/2/11.92

Samuel Beckett
Sein Werk im Suhrkamp Verlag

Zu Samuel Beckett

Samuel Beckett. Herausgegeben von Hartmut Engelhardt. stm. st 2044

Samuel Beckett. Glückliche Tage. Probenprotokoll der Inszenierung von Samuel Beckett in der ›Werkstatt‹ des Berliner Schiller-Theaters. Aufgezeichnet von Alfred Hübner. Fotos von Horst Güldemeister. es 849

Samuel Beckett inszeniert das ›Endspiel‹. Fotografiert von Rosemarie Clausen. 60 Fotografien mit dem Text des ›Endspiels‹. Probenbericht von Michael Haerdter. Kartoniert

Richard Ellmann: Vier Dubliner. Wilde, Yeats, Joyce und Beckett. Aus dem Englischen von Wolfgang Held. Leinen

W. Martin Lüdke: Anmerkungen zu einer »Logik des Zerfalls«: Adorno – Beckett. es 926

Ulrich Pothast: Die eigentlich metaphysische Tätigkeit. Über Schopenhauers Ästhetik und ihre Anwendung durch Samuel Beckett. Leinen und stw 787

Alfred Simon: Beckett. Aus dem Französischen von Michael Bischoff. st 1798

50/3/11.92

Deutschsprachige Literatur in der edition suhrkamp: Drama

Bernhard, Thomas: Der deutsche Mittagstisch. Dramolette. Mit zahlreichen Abbildungen. es 1480
Brasch, Thomas: Frauen. Krieg. Lustspiel. es 1469
– Lovely Rita. Rotter. Lieber Georg. Drei Stücke. es 1562
Braun, Volker: Böhmen am Meer. Ein Stück. es 1784
– Gesammelte Stücke. 2 Bde. es 1478
Brecht, Bertolt: Der aufhaltsame Aufstieg des Arturo Ui. es 144
– Aufstieg und Fall der Stadt Mahagonny. Oper. es 21
– Baal. Drei Fassungen. Kritisch ediert und kommentiert von Dieter Schmidt. es 170
– Baal. Der böse Baal der asoziale. Texte, Varianten, Materialien. Kritisch ediert und kommentiert von Dieter Schmidt. es 248
– Das Badener Lehrstück vom Einverständnis. Die Rundköpfe und die Spitzköpfe. Die Ausnahme und die Regel. Drei Lehrstücke. es 817
– Biberpelz und roter Hahn. Bearbeitung zweier Stücke von Gerhart Hauptmann. es 634
– Der Brotladen. Ein Stückfragment. Bühnenfassung und Texte aus dem Fragment. es 339
– Die Dreigroschenoper. es 229
– Einakter und Fragmente. es 449
– Furcht und Elend des Dritten Reiches. es 392
– Die Gesichte der Simone Machard. es 369
– Die Gewehre der Frau Carrar. es 219
– Der gute Mensch von Sezuan. Parabelstück. es 73
– Die heilige Johanna der Schlachthöfe. es 113
– Herr Puntila und sein Knecht Matti. Volksstück. es 105
– Der Jasager und Der Neinsager. Vorlagen, Fassungen, Materialien. Herausgegeben und mit einem Nachwort versehen von Peter Szondi. es 171
– Der kaukasische Kreidekreis. es 31
– Leben des Galilei. Schauspiel. es 1
– Leben Eduards des Zweiten von England. Vorlage, Texte und Materialien. Ediert von Reinhold Grimm. es 245
– Mann ist Mann. Die Verwandlung des Packers Galy Gay in den Militärbaracken von Kilkoa im Jahre neunzehnhundertfünfundzwanzig. Lustspiel. es 259
– Die Maßnahme. Kritische Ausgabe mit einer Spielanleitung von Reiner Steinweg. es 415
– Die Mutter. es 200

301/1/5.94

Deutschsprachige Literatur in der edition suhrkamp: Drama

Brecht, Bertolt: Mutter Courage und ihre Kinder. Eine Chronik aus dem Dreißigjährigen Krieg. es 49
– Der Ozeanflug. Die Horatier und die Kuriatier. Die Maßnahme. es 222
– Die Rundköpfe und die Spitzköpfe. Bühnenfassung, Einzelszenen, Varianten. Herausgegeben von Gisela E. Bahr. es 605
– Schweyk im zweiten Weltkrieg. es 132
– Stücke. Bearbeitungen. Bd. 1. es 788
– Stücke. Bearbeitungen. Bd. 2. es 789
– Die Tage der Commune. es 169
– Trommeln in der Nacht. Komödie. es 490
– Der Untergang des Egoisten Johann Fatzer. Bühnenfassung von Heiner Müller. es 1830
– Das Verhör des Lukullus. Hörspiel. es 740
Dorst, Tankred: Toller. es 294
Frisch, Max: Biedermann und die Brandstifter. Ein Lehrstück ohne Lehre. Mit einem Nachspiel. es 41
– Die Chinesische Mauer. Eine Farce. es 65
– Don Juan oder Die Liebe zur Geometrie. Komödie in fünf Akten. es 4
– Frühe Stücke. Santa Cruz. Nun singen sie wieder. es 154
– Graf Öderland. Eine Moritat in zwölf Bildern. es 32
Fritsch, Werner: Fleischwolf. Ein Gefecht. Ein Stück. es 1650
Goetz, Rainald: Festung. Stücke. es 1793
Handke, Peter: Kaspar. es 322
– Publikumsbeschimpfung und andere Sprechstücke. es 177
– Der Ritt über den Bodensee. es 509
– Wind und Meer. Vier Hörspiele. es 431
Hodjak, Franz: Franz, Geschichtensammler. Ein Monodrama. es 1698
Kipphardt, Heinar: In der Sache J. Robert Oppenheimer. Ein szenischer Bericht. es 64
Kroetz, Franz Xaver: Bauern sterben. es 1388
– Bauerntheater. Komödie. es 1659
– Frühe Prosa/Frühe Stücke. es 1172
– Furcht und Hoffnung der BRD. Das Stück, das Material, das Tagebuch. es 1291
– Mensch Meier. Der stramme Max. Wer durchs Laub geht … Drei neue Stücke. es 753
– Nicht Fisch nicht Fleisch. Verfassungsfeinde. Jumbo-Track. Drei Stükke. es 1094

301/2/5.94

Deutschsprachige Literatur in der edition suhrkamp: Drama

Kroetz, Franz Xaver: Oberösterreich. Dolomitenstadt Lienz. Maria Magdalena. Münchner Kindl. es 707

Kühn, Dieter: Goldberg-Variationen. Hörspieltexte mit Materialien. es 795

Leutenegger, Gertrud: Lebewohl, Gute Reise. Ein dramatisches Poem. es 1001

Plenzdorf, Ulrich: Zeit der Wölfe. Ein Tag, länger als das Leben. Zwei Stücke. es 1638

Rakusa, Ilma: Jim. Sieben Dramolette. es 1880

Roth, Friederike: Die einzige Geschichte. Theaterstück. es 1368

– Das Ganze ein Stück. Theaterstück. es 1399

– Krötenbrunnen. Ein Stück. es 1319

Roth, Patrick: Die Wachsamen. Drei Monodramen. es 1619

Walser, Martin: Ein fliehendes Pferd. Theaterstück. Mitarbeit Ulrich Khuon. es 1383

– Ein Kinderspiel. Stück in zwei Akten. es 400

Weiss, Peter: Die Ermittlung. Oratorium in 11 Gesängen. es 616

– Stücke I. Der Turm. Die Versicherung. Nacht mit Gästen. Mockinpott. Marat/Sade. Die Ermittlung. es 833

– Stücke II. 2 Bde. Gesang vom Lusitanischen Popanz. Viet Nam Diskurs. Hölderlin. Trotzki im Exil. Der Prozeß. es 910

– Die Verfolgung und Ermordung Jean Paul Marats, dargestellt durch die Schauspielgruppe des Hospizes zu Charenton unter Anleitung des Herrn de Sade. Drama in zwei Akten. es 68

301/3/5.94

Philosophie
in der edition suhrkamp

Adorno, Theodor W.: Eingriffe. Neun kritische Modelle. es 10
– Gesellschaftstheorie und Kulturkritik. es 772
– Jargon der Eigentlichkeit. Zur deutschen Ideologie. es 91
– Ohne Leitbild. Parva Aesthetica. es 201
– Stichworte. Kritische Modelle 2. es 347
Allegorie und Melancholie. Herausgegeben von Willem van Reijen. es 1704
Bachelard, Gaston. Das Wasser und die Träume. Aus dem Französischen von Henriette Beese. es 1598
Benhabib, Seyla: Selbst und Kontext. Geschlecht, Gemeinschaft und Postmoderne in der zeitgenössischen Ethik. es 1725
Benjamin, Walter: Das Passagen-Werk. 2 Bde. Herausgegeben von Rolf Tiedemann. es 1200
– Zur Kritik der Gewalt und andere Aufsätze. Mit einem Nachwort von Herbert Marcuse. es 103
Bloch für Leser der neunziger Jahre. Herausgegeben von Friedrich Dieckmann. es 1827
Bloch, Ernst: Abschied von der Utopie? Vorträge. Herausgegeben und mit einem Nachwort versehen von Hanna Gekle. es 1046
– Kampf, nicht Krieg. Politische Schriften 1917-1919. Herausgegeben von Martin Korol. es 1167
– Viel Kanonen im Welthaus. Eine Auswahl aus dem Werk. Herausgegeben von Friedrich Dieckmann und und Jürgen Teller. es 1827
Böhme, Gernot: Anthropologie in pragmatischer Hinsicht. Darmstädter Vorlesungen. es 1301
– Für eine ökologische Naturästhetik. es 1556
– Natürliche Natur. Über Natur im Zeitalter ihrer technischen Reproduzierbarkeit. es 1680
Böhme, Hartmut: Natur und Subjekt. es 1470
Bubner, Rüdiger: Ästhetische Erfahrung. es 1564
– Dialektik als Topik. es 1591
– Zwischenrufe. Aus den bewegten Jahren. es 1814
Butler, Judith: Das Unbehagen der Geschlechter. Aus dem Amerikanischen von Kathrina Menke. es 1722
Deleuze, Gilles: Die Logik des Sinns. Aus dem Französischen von Bernhard Dieckmann. es 1707
– Unterhandlungen 1972–1990. Aus dem Französischen von Gustav Roßler. es 1778
Derrida, Jacques: Das andere Kap. Die aufgeschobene Demokratie. Zwei Essays. Aus dem Französischen von Alexander García Düttmann. es 1769

304/1/5.94

Philosophie
in der edition suhrkamp

Derrida, Jaques: Gesetzeskraft. Aus dem Französischen von Alexander G. Düttmann. es 1645

Doehlemann, Martin: Langeweile? Deutung eines verbreiteten Phänomens. es 1641

Euchner, Walter: Egoismus und Gemeinwohl. Studien zur Geschichte der bürgerlichen Philosophie. es 614

Ewald, François: Der Vorsorgestaat. Aus dem Französischen von Hermann Kocyba. Mit einem Essay von Ulrich Beck. es 1676

Feyerabend, Paul: Erkenntnis für freie Menschen. Veränderte Ausgabe. es 1011

– Wissenschaft als Kunst. es 1231

Versuchungen 1. Aufsätze zur Philosophie Paul Feyerabends. Herausgegeben von Hans Peter Duerr. es 1044

Versuchungen 2. Aufsätze zur Philosophie Paul Feyerabends. Herausgegeben von Hans Peter Duerr. es 1068

Foucault, Michel: Raymond Roussel. Übersetzt von Renate Hörisch-Helligrath. es 1559

Denken und Existenz bei Michel Foucault. Herausgegeben von Wilhelm Schmid. es 1657

Spiele der Wahrheit. Michel Foucaults Denken. Herausgegeben von François Ewald und Bernhard Waldenfels. Übersetzt von Hans-Dieter Gondeck. es 1640

Die Frage nach dem Subjekt. Herausgegeben von Manfred Frank, Gérard Raulet und Willem van Reijen. es 1430

Frank, Manfred: Einführung in die frühromantische Ästhetik. es 1563

– Gott im Exil. Vorlesungen über die Neue Mythologie. II. Teil. es 1506

– Die Grenzen der Verständigung. es 1481

– Der kommende Gott. Vorlesungen über die Neue Mythologie. I. Teil. es 1142

– Motive der Moderne. es 1456

– Die Unhintergehbarkeit von Individualität. Reflexionen über Subjekt, Person und Individuum aus Anlaß ihrer ›postmodernen‹ Toterklärung. es 1377

– Was ist Neostrukturalismus? es 1203

Fraser, Nancy: Widerspenstige Praktiken. Macht, Diskurs, Geschlecht. es 1726

Geist gegen den Zeitgeist. Erinnern an Adorno. Herausgegeben von Josef Früchtl und Marina Calloni. es 1630

Gemeinschaften. Positionen zu einer Philosophie des Politischen. Herausgegeben von Joseph Vogl. es 1881

304/2/5.94

Philosophie in der edition suhrkamp

Die gesellschaftliche Orientierung des wissenschaftlichen Fortschritts. Gernot Böhme, Wolfgang van den Daele, Rainer Hohlfeld, Wolfgang Krohn, Wolf Schäfer, Tilman Spengler. es 877

Gewalt und Gerechtigkeit. Derrida liest Benjamin. Herausgegeben von Anselm Haverkamp. es 1706

Habermas, Jürgen: Technik und Wissenschaft als Ideologie. es 287

Henrich, Dieter: Hegel im Kontext. es 510

– Konzepte. Essays zur Philosophie in der Zeit. es 1400

– Eine Republik Deutschland. Reflexionen auf dem Weg aus der deutschen Teilung. es 1658

Individuum und Praxis. Positionen der »Budapester Schule«. Beiträge von Georg Lukács, Agnes Heller, Mihály Vajda, György Márkus, Maria Márkus, Andras Hegedüs und Ferenc Fehér. es 545

Irigaray, Luce: Speculum. Spiegel des anderen Geschlechts. Aus dem Französischen übersetzt von Xenia Rajewsky, Gabriele Ricke, Gerburg Treusch-Dieter und Regine Othmer. es 946

Lacoue-Labarthe, Philippe: Die Nachahmung der Modernen. Aus dem Französischen von Thomas Schestag. es 1708

Laing, Ronald D.: Phänomenologie der Erfahrung. Aus dem Englischen übersetzt von Klaus Figge und Waltraud Stein. es 314

List, Elisabeth: Die Präsenz des Anderen. Theorie und Geschlechterpolitik. es 1728

Macho, Thomas H.: Todesmetaphern. Vom Reden über den Tod. es 1419

Marcuse, Herbert: Ideen zu einer kritischen Theorie der Gesellschaft. es 300

– Konterrevolution und Revolte. Unter Mitwirkung von Alfred Schmidt übersetzt von Rolf und Renate Wiggershaus. Autorisierte Übersetzung. es 591

– Kultur und Gesellschaft 1. es 101

– Kultur und Gesellschaft 2. es 135

Maruyama, Masao: Denken in Japan. Eingeleitet und aus dem Japanischen übertragen von Wolfgang Schamoni und Wolfgang Seifert. es 1398

Reitemeyer, Ursula: Erwachende Sinnlichkeit. Ludwig Feuerbachs Entwurf einer Philosophie der Zukunft. es 1417

Ritter, Joachim: Hegel und die Französische Revolution. es 114

Rosset, Clément: Das Reale. Traktat über den Schwach-Sinn. Aus dem Französischen von Renate Hörisch-Heligrath. es 1442

Russell, Bertrand: Probleme der Philosophie. Aus dem Englischen übersetzt und mit einem Nachwort versehen von Eberhard Bubser. es 207

304/3/5.94

Philosophie
in der edition suhrkamp

Sandkühler, Hans Jörg: Die Wirklichkeit des Wissens. es 1679

Sebeok, Thomas A. / Jean Umiker-Sebeok: »Du kennst meine Methode.« Charles S. Peirce und Sherlock Holmes. Aus dem Amerikanischen von Achim Eschbach. es 1121

Serres, Michel: Der Hermaphrodit. Aus dem Französischen von Reinhard Kaiser. es 1552

– Der Naturvertrag. es 1665

Sloterdijk, Peter: Der Denker auf der Bühne. Nietzsches Materialismus. es 1353

– Eurotaoismus. Zur Kritik der politischen Kinetik. es 1450

– Kopernikanische Mobilmachung und ptolemäische Abrüstung. Ästhetischer Versuch. es 1375

– Kritik der zynischen Vernunft. 2 Bde. es 1099

– Versprechen auf Deutsch. Rede über das eigene Land. es 1631

– Weltfremdheit. es 1781

– Zur Welt kommen – Zur Sprache kommen. Frankfurter Vorlesungen. es 1505

Peter Sloterdijks ›Kritik der zynischen Vernunft‹. es 1297

Sohn-Rethel, Alfred: Soziologische Theorie der Erkenntnis. Mit einem Vorwort von Jochen Hörisch. es 1218

Strasser, Peter: Philosophie der Wirklichkeitssuche. es 1518

– Die verspielte Aufklärung. es 1342

Tugendhat, Ernst: Ethik und Politik. es 1714

Vernant, Jean-Pierre: Die Entstehung des griechischen Denkens. Aus dem Französischen von Edmund Jacoby. es 1150

Veyne, Paul: Foucault: Die Revolutionierung der Geschichte. Aus dem Französischen von Gustav Roßler. es 1702

Von der Verantwortung des Wissens. Positionen der neueren Philosophie der Wissenschaft. Herausgegeben von Paul Good. Mit Beiträgen von Paul K. Feyerabend, Hans-Georg Gadamer, Kurt Hübner, Stephen Toulmin und Paul Good. es 1122

Vor der Jahrtausendwende: Berichte zur Lage der Zukunft. 2 Bände. Herausgegeben von Peter Sloterdijk. es 1550

Wittgenstein, Ludwig: Tractatus logico-philosophicus. Logisch-philosophische Abhandlung. es 12

Die Zukunft der Aufklärung. Herausgegeben von Jörn Rüsen, Eberhard Lämmert und Peter Glotz. es 1479

Zur Verteidigung der Vernunft gegen ihre Liebhaber und Verächter. Herausgegeben von Christoph Menke und Martin Seel. es 1893

304/4/5.94